山东文化体验廊道故事丛书·下编

潍坊
历史文化故事

WEIFANG LISHI
WENHUA GUSHI

总编纂　王志民
主　编　赵红卫

山东文艺出版社

图书在版编目（CIP）数据

潍坊历史文化故事 / 赵红卫主编. — 济南：山东文艺出版社，2023.9

（山东文化体验廊道故事丛书）

ISBN 978-7-5329-6985-2

Ⅰ.①潍… Ⅱ.①赵… Ⅲ.①历史故事—作品集—中国 Ⅳ.①I247.81

中国国家版本馆CIP数据核字（2023）第153089号

潍坊历史文化故事
WEIFANG LISHI WENHUA GUSHI

总编纂　王志民　　主编　赵红卫

主管单位	山东出版传媒股份有限公司	
出版发行	山东文艺出版社	
社　　址	山东省济南市英雄山路189号	
邮　　编	250002	
网　　址	www.sdwypress.com	

读者服务	0531-82098776（总编室）
	0531-82098775（市场营销部）
电子邮箱	sdwy@sdpress.com.cn

印　　刷	山东临沂新华印刷物流集团有限责任公司
开　　本	880毫米×1230毫米　1/32
印　　张	7.25
字　　数	152千
版　　次	2023年9月第1版
印　　次	2023年9月第1次印刷
书　　号	ISBN 978-7-5329-6985-2
定　　价	59.00元

前　言

　　党的二十大报告明确提出："坚守中华文化立场，提炼展示中华文明的精神标识和文化精髓，加快构建中国话语和中国叙事体系，讲好中国故事、传播好中国声音，展现可信、可爱、可敬的中国形象。"习近平总书记在文化传承发展座谈会上深刻指出，要在新起点上继续推动文化繁荣、建设文化强国、建设中华民族现代文明。编纂出版《山东文化体验廊道故事丛书》（以下简称《丛书》）是深入学习贯彻党的二十大精神和习近平总书记重要指示精神，贯彻落实山东省委、省政府关于打造文化"两创"新标杆部署要求的重要举措，是立足山东文化资源优势，以沿黄河、沿大运河、沿齐长城、沿黄渤海和沿胶济铁路等文化体验廊道为轴线，以各市文化体验廊道建设为着力点，撷取历史文化精华的大型普及性学术工程，是在新的历史起点上讲好山东故事、坚定文化自信、推动文化繁荣、促进文旅结合的重点文化项目。

　　山东，古称"齐鲁之邦"，是中华文明最重要的发源地之一。奔流的黄河由山东入海，齐鲁大地是黄河文明的核心区域之一。巍峨屹立的泰山，自古以来就是历代帝王封禅之地，是中国东方上层文化的活动中心，1987 年被联合国教科文组织列为中国第一个世界文化、自然双重遗产。黄渤海环绕的山东半岛是全国最大的半岛，漫长海岸线形成了丰厚的海洋文化资源，一直是中国北方海上丝绸之路的重要门户。山东又是伟大思想家、教育家孔子和孟子的故乡，是儒家文化的发源地，是中国人乃至全球华人、华裔心中的"圣地"。在被称为中华文明"轴心时代"的春秋战国时期，齐鲁是中华文明的"重心"所在：诸子百家，多出齐鲁；儒墨显学，独领风骚。齐国故都临淄，是当时最大的工商业都城，被国际足联命名为"足球起源地"；这里诞生了中国历史上最早的大学堂——稷下学宫，是诸子百家争鸣的学术文化中心；齐长城西起济水，东到大海，蜿蜒于泰沂山脉，全长一千余里，是现存最早的有准确遗迹可考、保存状况较好的古代长城；被列为世界文化遗产名录的京杭大运河，纵贯山东南北，极大影响了元明清以来山东地区的经济文化发展，鲁西沿岸城市带的崛起，成为中国南北文化交流融合的运河明珠，见证了山东地区社会文化的隆替嬗变。近代以来，随着烟台、青岛等沿海城市的崛起和胶济铁路的修筑，山东成为中西文化交流、冲突、碰撞、融合的核心地区之一，收回青岛主权成为"五四"爱国运动的导火索。革命战争年代，山东党政军民用生命和鲜血凝聚而成的"党群同心、军民情深、水乳交融、生死与共"的"沂蒙精神"，是齐鲁优秀文化、伟大建党精神与中国共产党领导的人民革命英雄主义精神的集中体现，是对山东境内沂蒙、胶东、渤海、鲁西（冀鲁豫边区）

等抗日革命根据地红色文化、革命精神的集中凝练和概括，与延安精神、井冈山精神、西柏坡精神等一起成为中国共产党人精神谱系的重要组成部分。齐鲁文化在中华文明发展中的特殊地位，山东地区源远流长、丰富厚重的文化资源，坚定文化自信和自觉的历史责任担当是我们举全省之力编纂《丛书》的内在动力。

《丛书》以国家文化公园建设为引领，以落实文化"两创"、推动"两个结合"为宗旨，以推动全省及各市文化建设为目标，是具有权威性、故事性、可读性、趣味性的历史故事集成，是一套可携带、可利用、可转化的文化读本。《丛书》分为上、下两编，上编16本，围绕"四廊一线"文化体验廊道、八大文化传承发展片区展开。"四廊一线"构筑的沿黄河、沿大运河、沿齐长城、沿黄渤海、沿胶济铁路的文化交通线纵横交错，相互联系又各具特色，其特点是以脍炙人口的故事形式联通"四廊一线"的人物事迹、重点景区、遗址遗迹等，厚植文化体验廊道的思想内涵和文化底蕴。八大文化传承发展片区，既涵盖了沂蒙、渤海、鲁西、胶东四大红色文化片区，又吸收了泰山文化、儒学文化、齐文化作为重要支撑，演奏出山东历史文化、革命文化、社会主义先进文化的时代交响。下编16本，紧紧围绕各地市优势和特色展开，主要记述本地区历史故事、文化遗址与人文景观、非物质文化遗产等内容，是推动文化廊道落地、推进片区文化建设、增强文化认同、深化文旅体验的重要载体。

《丛书》由山东省委常委、宣传部部长白玉刚统筹谋划和指导，省委宣传部专门组建学术编纂委员会负责具体实施，省直各有关部门和各市委宣传部给予大力支持配合，省内相关高校、研究机构和各市有关单位共100余位专家学者积极参与，历经酝酿策划、启动实施、提纲设计、样稿研讨、通稿审稿、编辑出版等六个阶段。2022年以来，省委、省政府先后印发《关于打造中华优秀传统文化"两创"新标杆行动计划（2022—2025年）》《关于建设文化体验廊道推动文旅融合高质量发展的实施计划（2023—2025年）》，全方位挖掘展现山东人文沃土可以深度耕作的比较优势，为《丛书》编纂做好了思想、学术和组织准备。具体编纂过程中，省委宣传部专门印发《关于做好〈丛书〉编纂工作的指导意见》，统一思想认识，作出全面部署。编委会以线上线下形式，多次召开全体会议和分组专题会议，狠抓三个重要工作节点：**一是审定编撰提纲。**通过反复研讨、交流、修改、会审等形式逐一审定编写提纲，最大程度保证全书质量。**二是树立样稿典型。**集中力量撰写、反复研讨修改，确定分类样稿，做好典型导引。**三是全力做好通稿统审。**采用主编初审、各卷主编交流互审、学术专家主审、首席专家终审等层层把关、集中审查、反复修改的方式提高稿件质量。

回顾《丛书》编纂工作，始终注意把握好以下四个方面：**一是坚定文化自信。**通过挖掘历史资料、开发历史资源、恢复历史场景等形式，获取文化营养，坚定文化自信。**二是助推文化自觉。**通过传承弘扬优秀传统文化、红色文化、社会主义先进文化，深入挖掘历史先贤和革命先烈的伟大事迹，推动文化自觉，与培育践行社会主义核心价值观有机结合。**三是落实文化"两创"。精选真实历史故事，注重挖掘故事背后的文化内涵，推动齐鲁优秀传统文化在新时代创造性转化和创新性发展，推进文化自信自强。**四是服务文旅融合。**借助故事、景观、遗址、非遗讲解词、短视频等融媒体形式，让广大读者在区域文化旅游、廊道文化体验中感受中华文化的博大精深，增强民族自豪感和自信心。

在内容撰写上注重四个结合：**一是与廊道体验相结合。**突出廊道建设概念，以故事为纬线，以时代发展为轴线，通过富有魅力的故事讲述，展示历史人物、景观、史实，引领读者体验传统文化的恢宏气势和博大精深。**二是与景观建设相结合。**以真实动人的故事为景观建设提供重要的历史资源和文化依据，通过一个个精品景观建设展示历史故事的丰富内涵和当代价值。**三是与文物保护相结合。**通过讲述历史故事，让广大读者进一步了解相关文物、遗址的历史文化价值，提升文物保护意识，推动群众性文物保护工作再上新台阶。**四是与媒体利用相结合。**立足于故事转化，使故事成为各类媒体传播的重要基础、蓝本和素材，成为廊道文化、片区文化讲解、传播的重要学术依据和资料来源。

《丛书》的编纂出版，是普及、传播优秀传统文化，推动文化"两创"的新尝试。衷心希望广大读者通过阅读本书，吸收丰富文化营养，多提宝贵修改意见。

编者

2023 年 8 月

导　语

　　潍坊南依山、北滨海，地处海岱之间，苏辙有"面山负海古诸侯，信美东方第一州"之诗句。潍坊地域南接泰沂山脉，北面、东面濒临大海，山海交互间，水量充沛的弥河、白浪河、潍河几大入海河流，出山入川，浩荡奔波，汇入北海。在时间的长河中，雨水常年冲刷着泰沂山脉北侧的腐殖质水土，日积月累，形成泰沂山脉北侧、莱州湾南侧肥沃的冲积平原，"齐带山海，膏壤千里"，潍坊为其中的核心区域，冲积平原是这一区域早期农牧业发展的基础。河海交汇的莱州湾南岸则形成了广袤的滩涂，茫茫白野，渔盐兴旺。潍坊文化具有农耕文明和海洋文明的历史积淀，这一鲜明的地域文化特征，和其所处的地理环境关系密切。

　　潍坊古代文化源远流长，以族属划分主要属于东夷文化。新的考古发现证明，潍坊新石器时代的文化发展脉络清晰，从距今八千年的后李文化，经北辛文化、大汶口文化、龙山文化，绵延四千余年。潍坊区域是东夷族主要代表部族的核心居地，是中华"五帝"时代东夷族主要代表少昊族、伯益族的发源地，尧、舜、禹与潍坊都有着密切的联系。这支先民在神话传说时代就创造了高度文明，对中华民族的发展、中华文明的创造作出了重要贡献。

潍坊域名，可上溯至甲骨卜辞中的"隹夷"，两周金文作"淮夷"，《春秋左传》作"夷维"，"维""淮"兼通，先秦《尚书·禹贡》载"海岱惟青州……潍淄其道"，"潍""隹"相关，《汉书·艺文志》中"潍""淮"亦并用。今人容庚《金文编》指出，"隹""维""惟""唯"古通用，"潍""淮"均由"隹"演变而来。隋开皇六年（586）将潍河西岸的胶东县改名为"潍水县"，是潍水命名之始；隋开皇十六年（596）创立"潍州"；明洪武十年（1377）降为"潍县"，"潍县"之名实，自明历清六百余年；新中国成立后，改名"潍坊"，沿用至今。

潍坊扼胶东半岛东西交通之要冲，素称胶东走廊，自古以来就是军事战略要地，楚汉潍水之战、刘裕攻破南燕都城广固之战、竺夔东阳城保卫战、隋末农民起义、唐末百计儒帅王师范青州之战、周亮工保卫潍县城、解放军攻克潍县等战事演绎了潍坊数千年来风起云涌、波澜壮阔的历史风云。

潍坊文化承齐风鲁韵，尊贤崇智，重礼尚德，人物风流。舜帝、曹参、富弼、范仲淹、欧阳修、苏轼、郑板桥是潍坊历史上有名的治国安民的明君贤臣，他们在古代潍坊地域具有极大的文化影响力。他们不只是文学艺术的巨匠，而首先是一代圣君名宦，他们天下为公、民为邦本、为政以德的廉政思想、区域社会治理理念更是宝贵的精神财富和智慧结晶。

潍坊作为东夷文化的主要发祥地，物华天宝，人文底蕴深厚，经学、史学、金石学、文学、艺术、科技等领域，人才辈出，成就斐然。在这片土地上孕育了仓颉、晏婴、郑玄、公孙弘、王曾、黄福以及刘翊、邢玠、刘正宗、冯溥、刘统勋、刘墉等一批历史文化名人，诞生了中国第一部农业百科巨著《齐民要术》（贾思勰）、画史里程碑杰作《清明上河图》（张择端）、地方名志《齐乘》（于钦）等鸿篇巨制，以及王筠说文解字研究、高密三李诗派、黄元御岐黄妙术、赵明诚李清照金石之学、燕肃精密莲花漏、画家百世师李成画作等文化遗存，都是潍坊历史文化的精神标识和文化精髓。

潍坊文物古迹众多，泰沂山脉如巨臂自西而东延伸向海，在潍坊境的人文名山有中华五大镇山之首沂山、拥有天下第一高"寿"的云门山、拥有中国东部最大佛教石窟群的驼山，还有仰天山、石门坊、方山等群峰耸立，山灵水秀。建筑遗珍有青州故城、衡王府石坊、兼具南北风格的鲁东明珠十笏园、金石集大成者诞生地陈介祺故居、潍县西方侨民集中营旧址、见证侵略警钟长鸣的坊子德日建筑群、见证英雄家国情怀的昌邑县抗日殉国烈士祠等等。更有田齐王陵、杞国故城、王侯国都郡县治所高密故城、董家庄汉墓、北齐崔芬墓、龙兴寺遗址等历史名迹，走过千年春秋，彰显着潍上流风。

潍坊文化雅俗并济，拥有灿烂多姿的非物质文化遗产。潍坊风筝、杨家埠木版年画、高密扑灰年画、高密茂腔被列入首批国家级非物质文化遗产名录；聂家庄泥塑、高密剪纸、潍坊核雕等民间美术，诸城派古琴等民间音乐，潍坊嵌银漆器、柳疃丝绸工艺、潍坊刺绣工艺、青州花毽、景芝酒传统酿造技艺等民间手工技艺，被列入山东省首批非物质文化遗产名录；潍坊朝天锅、老潍县肉火烧、鸡鸭和乐、临朐全羊席、隆盛糕点、潍坊萝卜、寿光蔬菜等老字号地方美食，具有鲜明的地域特色和文化特质。特色独具的潍坊民俗，在跨越时空的文化传承中，映照着当代社会生活的画卷，塑造着新时代潍坊城市文化精神。

文化是民族的精神资源，是灵魂之所系、血脉之所依，是社会的精神滋养，是促动社会进步的一种力量。中华优秀传统文化已经融入中华民族的思维方式、价值观念、行为方式和风俗习惯，成为一种文化基因，融入百姓生活的日常。辉煌、壮丽的潍坊文化是潍坊人生命力旺盛、凝聚力强盛的具体表现，它既是沟通全体潍坊人心灵的纽带，是同根同源的潍坊人乃至中华民族凝聚力与亲合力的载体，也是古往今来潍坊人安身立命的精神家园，更是当代潍坊人民同心同德发展经济、创新文明的根基和动力，是用生命相传的珍贵文化遗产。

潍坊历史文化故事，对潍坊历史事件、历史名人、经济发展、科技进步、人文名胜、文物古迹、民间习俗、名优特产等作出全面介绍。不仅让潍坊人了解自己的家乡，更要把潍坊推到齐鲁、全国乃至世界，让更多的人了解潍坊的历史文化底蕴和当代经济社会发展，了解"实力强、品质优、生活美的更好潍坊"。

目　录

前　言 / 1

导　语 / 1

一、历史风云　/ 1

（一）烽火战事　/ 3

1. 楚汉潍水之战

韩信囊沙胜龙且　/ 3

2. 南燕国的灭亡

刘裕攻破广固城　/ 6

3. 隋末农民起义

刘兰成智取北海郡　/ 9

4. 唐末青州战事多

百计儒帅王师范　/ 11

1

5.李铁枪与梨花枪

　　李全杨妙真起义反金　/ 14

6.保卫潍县城

　　周亮工舍命战清兵　/ 16

7.攻坚战的典范

　　解放军攻克潍县　/ 19

（二）治国安民　/ 22

1.东夷大舜

　　大舜在诸城的故事　/ 22

2.采薇首阳

　　伯夷叔齐的故事　/ 25

3.师事盖公

　　曹参相齐　/ 28

4.三贤祠

　　富弼、范仲淹、欧阳修相继知青州　/ 31

5.老夫聊发少年狂

　　苏轼密州祭常山　/ 33

6.衙斋卧听萧萧竹，疑是民间疾苦声

　　板桥在潍得民心　/ 36

二、人物风流　/ 41

（一）国之栋梁　/ 43

1.食不重肉

　　齐相晏婴辅佐三朝　/ 43

2. 脱粟布被

　　汉相公孙弘辅佐汉武帝　/ 45

3. 扪虱而谈

　　前秦丞相王猛统一北方　/ 47

4. 连中三元

　　北宋丞相王曾　/ 49

5. "南交草木，亦知公名"

　　黄福交趾多善政　/ 51

6. "功高上国山河裂，名动藩邦草木知"

　　明代援朝抗倭名将邢玠　/ 53

7. 安丘刘阁老

　　清初名臣刘正宗　/ 55

8. 三辞相国

　　冯溥辅佐康熙　/ 57

9. 真宰相和浓墨宰相

　　刘统勋刘墉父子相国　/ 59

(二) 文化名人　/ 61

1. 天雨粟，鬼夜哭

　　仓颉造字　/ 61

2. 囊括大典，网络众家

　　经神郑玄　/ 63

3. 资生之业，靡不毕书

　　贾思勰撰《齐民要术》　/ 65

4.画家百世师

　　李成画作高妙入神　 / 68

5.世推其精密

　　燕肃制造莲花漏　 / 70

6.赌书消得泼茶香

　　赵明诚李清照在青州　 / 72

7.画史里程碑

　　张择端创作《清明上河图》　 / 74

8.最有古法

　　于钦撰著《齐乘》　 / 76

9.妙悟岐黄

　　黄元御发愤著医书　 / 78

10.许氏之功臣，段桂之劲敌

　　王筠治《说文》独辟门径　 / 80

三、潍水遗珍　 / 83

（一）人文名山　 / 85

1.沂山

　　中华五大镇山之首 / 85

2.云门山

　　天下第一高"寿" / 88

3.驼山

　　中国东部最大佛教石窟群 / 91

4. 仰天山

　佛崖放光，一窍仰穿　/ 94

5. 石门坊

　天宝造像胜红叶　/ 97

6. 方山

　神龙灵泉，气象万千　/ 100

(二) 灵韵名建　/ 103

1. 青州故城

　禹定东方之州　/ 103

2. 衡王府石坊

　罕见的明王府双坊　/ 106

3. 江南亭

　一亭风雨半亭山　/ 109

4. 十笏园

　鲁东明珠兼具南北风格　/ 112

5. 陈介祺故居

　金石集大成者诞生地　/ 115

6. 潍县西方侨民集中营旧址

　国际友谊的范例　/ 117

7. 坊子德日建筑群

　见证侵略，警钟长鸣　/ 121

8. 昌邑县抗日殉国烈士祠

　英雄丰碑家国情　/ 123

（三）历史名迹 / 125

1. 田齐王陵

　田齐诸君魂归的地方 / 125

2. 杞国故城遗址

　杞国无事忧天倾 / 128

3. 高密故城遗址

　王侯国都，郡县治所 / 131

4. 董家庄汉墓

　工艺精湛的汉代石刻艺术 / 133

5. 崔芬墓

　精美绝伦的北齐壁画 / 136

6. 龙兴寺遗址

　改写艺术史的千年古寺 / 139

四、民间瑰宝 / 143

（一）巧艺百工 / 145

1. 潍坊风筝

　问天 / 145

2. 潍坊年画

　画年 / 148

3. 潍坊嵌银髹漆技艺

　陈介祺的盒梜 / 151

4. 潍坊核雕

　方寸之间 / 154

5.高密剪纸

　　民俗生活里的剪纸　/ 157

6.聂家庄泥塑

　　有声有色的泥叫虎　/ 160

7.青州红丝砚

　　名砚之首　/ 162

8.柳疃丝绸

　　野性的山绸　/ 165

9.潍坊刺绣

　　九千绣花女　/ 168

（二）乡音乡韵　/ 171

1.诸城派古琴

　　高山流水觅知音　/ 171

2.高密茂腔

　　胶东之花　/ 174

3.青州花毽

　　足上飞羽　/ 177

4.临朐周姑戏

　　"小戏之乡"的民间瑰宝　/ 180

5.月宫图

　　天地相融的跑灯艺术　/ 182

6.小章竹马

　　竹马艺术的"活化石"　/ 185

（三）老家老味 ／188

    1. 潍坊朝天锅

        郑板桥为民架大锅 ／188

    2. 老潍县肉火烧

        城隍庙美食 ／191

    3. 鸡鸭和乐

        寓意美好的潍坊名吃 ／193

    4. 景芝白酒

        三产灵芝真宝地，一条浯水是酒源 ／196

    5. 隆盛糕点

        清真食品老字号 ／198

    6. 潍坊萝卜

        东北人参莱阳梨，不如潍县萝卜皮 ／200

    7. 寿光蔬菜

        中国蔬菜之乡 ／204

参考文献 ／207

后　记 ／209

一

历史风云

潍坊位于半岛和内陆的交界处，在历史上长期是山东政治、经济、文化中心。战争时期，潍坊是历代统治者反复夺取的拉锯地带；和平时期，潍坊又是统治者治国安民，展示盛世风范的重要舞台。

　　历史风云变幻，潍坊这块广袤丰饶的土地，上演着历朝的兴衰败亡。这片土地上的生灵，如草木般一茬接一茬，被践踏被收割，不管是王侯将相还是平民百姓，没有人是赢家。战事烽火中，胜利的只有文化。南北不同的地域文化、民族文化在潍坊碰撞、交织、融合。因着特有的地理优势，潍坊地区文化的碰撞和融合在历史上往往走在同时代的前列。

　　治世出能臣，这些贤才名臣，在这块时时被血与火浸染的土地上，最大程度地发挥了自己的聪明才智，给潍坊的老百姓带来了切切实实的实惠，拓展了人民的生存空间。他们呕心沥血地治国安民，既护佑了一方生灵免遭涂炭，也让自己垂名青史。如果说战争是文化的激烈融合，那么太平寰宇下，稳定持续的发展，更能赓续文化的命脉。历经朝代的演变，潍坊的地域文化一如既往地向前发展。而这些人的事迹和功业，也成了潍坊地域文化和人文精神的重要组成部分，是潍坊宝贵的精神财富。

（一）烽火战事

1. 楚汉潍水之战

韩信囊沙胜龙且

秦朝末年的起义军里，项羽、刘邦是重要的两支。前207年，刘邦进军灞上，秦朝灭亡。前207年，项羽率诸侯兵破函谷关，比刘邦入关迟了一个多月，刘邦亲赴鸿门谢罪。前206年，项羽自行分封天下，封刘邦为汉王。前205年，刘邦兼并三秦，誓师东进伐楚。正在平定齐地诸侯叛乱的项羽选择跟齐人议和，奔回彭城参战。齐国这边，王族田氏恢复了对全境的控制。田氏复国后并未攻楚，他们拥立田广做新的齐王，齐国中立于楚汉之间。

汉高祖四年（前203）十月，韩信攻打齐地的历城，历城很快被攻破。韩信乘胜继续进军，很快就占领了齐国的都城临淄，齐王田广向东逃往高密。为了保住齐国，齐王不得已向面和心不和的宿敌楚国求援。

为确保己方的侧后安全，项羽派主将龙且率领二十万大军援齐，与齐国剩余的部队一起组成了联军。联军进驻高密地区，沿着潍河一线，与潍水西岸的韩信率领的汉军隔潍水而峙。这场潍水之战，如果韩信赢了，刘氏集团就彻底控制了山东省一带，可以直接进攻项羽后方。而如果龙且赢了，韩信就会退出齐国。再之后，齐国很可能会加入项羽的阵营，跟着项羽一起对抗刘邦。这显然是决定整个中国历史走向的关键一战。

从两军主将的作战能力来看，龙且是项羽手下第一猛将，战场经验丰富。韩信在进攻齐国之前，已经平定了魏国，又背水一战击败代、赵，后又降服燕国，指挥能力也不容小觑。从两军力量对比来看，双方各有优劣。汉军属连胜之师，士气高涨，但兵员、给养相对不足，难以作持久之战。齐楚联军中的齐军虽属溃败之师，但与楚军会师后，士气有所提振。楚军虽远道而来，但一路并无大战，无较大兵员消耗。同时，齐楚联军可以说是本土作战，粮草、兵马供应相对充足。

汉高祖四年（前203）十一月，齐、楚两国军队隔潍水摆开阵势。在潍水的上游咽喉之地，韩信派兵趁夜色掩护，暗地以万余沙袋堵截水流，然后率领一半部队渡河去袭击龙且，随即假装害怕楚军，要退回到河西岸。龙且看到此情况，以为汉军怯战不敢进攻，就率军乘胜追击，并没有觉察自己已经落入韩信的圈套。当楚军进入河床之后，韩信命令上游汉军决坝放水，龙且的军队立刻被汹涌的河水分割为东西两个部分，后边的大部军队无法继续渡河。此时，韩信指挥汉军主力部队乘机回头猛烈反击，龙且被斩杀于阵前，潍水西岸的楚军全部被歼灭。东岸尚未渡河的楚军，见主将被杀，西岸楚军被全歼，军心动摇，立刻溃散。韩信率汉军急渡潍水，乘胜追击，俘获齐王田广。一场大战之后，楚国这二十万援军，几乎被韩信全部消灭了。就连齐国那边仅剩的一部分军队，也被韩信吃掉了。

潍水之战是楚汉争霸中一场重要的转折性战役。此战，韩信消灭了齐楚仅有的一支重要有生力量，占领三齐之地，斩断西楚之右臂，严重破坏并威胁着项羽军队的后方，实现了迂回到西楚后方并对其实施战略包围的有利态势。可以说潍水战役后，楚汉之间的局势发生了根本性转折。

潍水之战中，韩信表现出了卓越的军事谋略才能。在楚齐联军占据优势的情况下，韩信巧妙利用地形和诱敌前出的战术，用潍水把齐楚联军分割开来，分别加以歼灭，使敌我的优劣互为转化，取得大战的胜利。

西楚大将龙且却犯了骄兵必败的兵家大忌。战前曾有谋士向龙且建议："汉军远离本土，拼死战斗，锋芒锐不可当。而齐、楚两军在自己的家门口作战，士兵容易逃散。不如深挖战沟，加高壁垒，坚守高密城；同时，让齐王派遣他的心腹大臣去招抚已经丢失的城邑。已沦汉军之手的城邑听说自己的君王还健在，楚军前来救援时，必定都会反叛汉军。汉军在远离本土的齐地作战，如果齐国的城邑全起来反叛它，汉军势必无处取得粮草，用持久战来拖死韩信。"龙且说："我很了解韩信，比较容易对付！况且现在援救齐国，不打一仗使汉军主动投降，我还有什么功劳可谈啊！如今与他交锋而战胜了他，半个齐国就可以归我了。"

潍水源出五莲山脉，

韩信坝遗址（潍坊市委宣传部供图）

流经当今诸城、安丘等地至昌邑入海，主要流域都在当今潍坊境内，也就是说潍水战的大部分军事行为都发生在当今的潍坊市，其中主战场在潍坊东部的潍河。潍水之战的遗址，诸多史籍有记。《齐乘》载："龙且城，高密县西南四十里，楚将龙且所筑。"明朝万历年间的《安丘县志》中有"韩信坝在东五十里""县有韩信坝"的记载。《山东通志·安丘篇》载："韩信坝在县东，韩信败龙且，囊沙以遏潍水即此。"民国九年续《安丘新志》中的安丘地图记载，韩信壅水坝在潍河与浯河的汇流处。民国二十四年的续修《高密县志》载："韩信坝在县西五十里，囊沙故处。"

2.南燕国的灭亡

刘裕攻破广固城

起初，南燕慕容德在滑台被拥立为皇帝，滑台处于平原地区，一马平川，无险可据。慕容德接受了尚书潘聪的正确意见，率兵南下，占据琅琊郡（今临沂），又转途北上，占据广固城。东晋隆安四年（400），慕容德在青州广固城建国称帝，史称"南燕"。南燕国使青州成为齐鲁大地历史上唯一一个作为国都的城市。

慕容德礼贤下士，听纳忠言，南燕国出现了励精图治、生机勃勃的局面，强大的东晋和北魏也不得不对南燕国刮目相看。元兴三年（404）二月，慕容德病逝，慕容超即位。慕容超见东晋内乱，从义熙二年(406)起，多次派兵袭扰东晋边境，南下掳掠人口财帛。

晋义熙五年 (409) 四月十一日，东晋大将刘裕为抗击南燕，外扬声威，自建康（今南京）出发，由淮河进入泗水，正式打响了北伐南燕之战。五月，北伐军推进到下邳（今江苏睢宁）后弃舟登岸，留下辎重，从陆路徒步挺进到琅琊。晋军所到之地，都构筑城池，留下部队驻守。

听说晋军大举北伐，南燕群臣商议对策。慕容超拒绝采纳大臣上策和中策的建议。他主张放纵敌人越过大岘山，再行歼灭。慕容超刚愎自用，认为：即便让晋军度过大岘险要，进入平原，我以精锐骑兵践踏蹂躏，何愁不能将其击败？大岘，其实就是穆陵关，它位于大岘山与龙山的接合部，是山东南面的一道天然屏障，号称"齐南天险"。

刘裕大军北伐之初，就有人对刘裕说："如果南燕军队据大岘关之险，或者坚壁清野，大军深入之后，不仅可能无功，而且可能回不来，那时候怎么办呢？"刘裕回答说："这个问题我考虑很久了，但我觉得南燕会认为我们孤军深入，不能持久，他们顶多会在临朐跟我们战斗；如果战败，就会退守广固。他们肯定不会派兵坚守大岘关，也不会坚壁清野，你们放心好了。"最后的战况果然在刘裕意料之中。

六月，刘裕未遇抵抗，越过大岘山。南燕慕容超先遣步、骑兵五万进据临朐，得知晋兵已过大岘山，自率步骑四万继后。一时间，临朐的南燕军兵力达到了十万，两军在临朐城南激战，一时难分胜负。刘裕派小支突击部队偷偷来到临朐城下，宣称是从海路上来增援的轻装部队，突击部队一举占领了临朐，夺取了南燕军的全部辎重。在临朐城内的慕容超率领残兵败将仓皇逃回广固。晋军奋力追击,进抵广固城下。六月十九日,攻陷广固外城,对外城实施屠城。慕容超率众退守内城,一方面分别派遣尚书郎张纲、韩范等前往后秦,请求增援;一方面给刘裕写信,请求作为属国,以大岘山为两国边界,并献上一千匹良马,两国和好,但遭到刘裕拒绝。

九月,刘裕截获为借兵去后秦的韩范,使其绕城而行,以示后秦救兵无望,城内南燕守军惊恐。十月,南燕大臣张纲被俘,协助晋军制成飞楼、冲车等各种攻城器具,加强攻防能力。义熙五年(409)的整个下半年,晋军一直牢牢地围困着广固,而南燕军也死死地驻守在城内拒不投降。在此期间,东晋朝廷从后方源源不断地派来增援部队。在晋军的威势下,广固城内人心惶惶,城外,百姓们也纷纷向晋军送来粮食。

义熙六年(410)二月五日,在经历了大半年的围困以后,刘裕决定攻城。晋军攻入广固内城。慕容超率数十骑突围而走,被晋军追获,刘裕斥责他为何不早早投降,慕容超神情自若,始终一言不发。刘裕将他押送到建康。慕容超在建康被斩首示众,时年二十六岁,在位六年。南燕政权自慕容德在晋安帝隆安四年登基至今,共存续了十一年。

刘裕恼怒广固城久攻不下,要把城中所有的男人都坑杀,把他们的妻女赏给自己的将士。南燕旧臣韩范进谏曰:"现在北方百姓,都是原来晋朝的衣冠旧族,都是先帝遗民;如果王师收复失地之后把他们都坑杀,让他们怎么办呢?而且这样西北沦陷区的人民也没有来投奔的念头了。"刘裕遂改容道歉,但依然斩杀王公以下三千人，没入家口一万多人，并将广固城夷为平地。至此南燕国灭亡，广固城也不复存在。

广固城遗址位于青州市邵庄镇窑头村附近，西北距尧王山一千五百米。广固城始建于西晋永嘉五年（311），义熙六年（410），刘裕灭南燕，夷广固。经考古钻探，广固城分内外两城，内城位于外城的西北部，内城中发现有宫殿遗址。广固城遗址是山东省内唯一一处帝都遗址，对于研究南燕国的历史和都城建制布局具有重大意义。1990年8月，青州市人民政府公布广固城遗址为"青州市第一批重点文物保护单位"。

广固城遗址（潍坊市委宣传部供图）

3. 隋末农民起义

刘兰成智取北海郡

刘兰成，北海郡人，出身明经科，隋朝时任鄱阳郡书佐，后回家赋闲。隋末天下大乱，北海农民军首领綦公顺于隋大业十三年（617）四月在北海起义。武德元年十月，綦公顺率领三万起义军攻打北海郡城。

綦公顺攻克了外城，正在进攻子城时，城中已然绝粮，公顺以为很快就能攻下来，就没有了防备之心。这时，明经刘兰成纠合城中骁勇健儿百余人出城袭击，城中的隋朝士兵也跟着冲杀出来。綦公顺大败，弃营逃走，郡城没有攻破。这时城中军民分为六军，由郡中官员和望族分别统领，刘兰成统领一军。有个叫宋书佐的人，离间诸军说："兰成深得人心，一定对大家不利，不如杀死他。"众人都不忍心，只是夺了他的兵给宋书佐。刘兰成唯恐被害，逃奔了綦公顺。

刘兰成投奔綦公顺，綦公顺要奉其为主帅，刘兰成坚决推辞。于是就以刘兰成为长史，军事上完全听其安排。

在军营中过了不足两个月，刘兰成简选军中一百五十个作战勇敢的人，前往郡城。在距城四十里的地方，留下了十人，让他们准备很多草，并把这些草分为一百多堆；距城二十里的地方，又留下二十人，每个人都手执大旗；距城五里的地方，又留了三十人，让他们埋伏在险要之处；晚上，刘兰成带领十人，在距城一里的地方潜伏着；其余八十人分别安置在合适的位置，相约听见鼓声就抢掠人畜，抢到后就立即退走，然后一起点燃积草。第二天早晨，城里的人往远处看没有看到烟尘，就出城砍柴放牧。快到中午的时候，刘兰成率领十名勇士到达城门，城上鼓声大作；刘兰成的伏兵听见鼓声就冲出来抢掠，抢到了杂畜十多头以及一些砍柴放牧的人，然后退走。刘兰成估计抢掠的人已经走远了，就不慌不忙地往回走。城中兵将追出来，却怕有伏兵，不敢快速追赶。等看见前面有旌旗、烟火，更不敢追赶，便退回城里。过后知道刘兰成那天兵少，后悔没有穷追。

又过了一个多月，刘兰成打算攻取郡城，就又率领二十人抵达城门。这次城中的军队竞相出城追赶。追赶了不到十里，綦公顺就率领大军赶到了。出城的军队来不及逃奔回城，綦公顺进军，把城包围起来。刘兰成亲自对城里人喊话，城里人争相出来投降。刘兰成进城后，抚存老幼，礼遇郡官。即使见到宋书佐，也跟他行礼，并且给他路费，送他出境。很快北海郡内外安定下来。

当时海陵起义军首领臧君相听到綦公顺占领北海郡，便要率领五万兵马前来争夺。綦公顺兵少，闻讯很害怕。刘兰成建议他趁着臧君相远道而来，立足未稳，快速出兵，先去攻打臧君相。綦公顺听从刘兰成的建议，亲率五千精兵，星夜兼程攻打臧君相。结果臧君相仅以身免。从此綦公顺党众大盛，附近许多起义军都来依附。后来綦公顺率众归附瓦岗寨李密。唐武德元年（618）十月，李密投降李渊，綦公顺、刘兰成也跟随李密一起归顺唐朝。

4. 唐末青州战事多

百计儒帅王师范

唐朝末年，统治青州的平卢淄青节度使是王敬武、王师范父子。龙纪元年（889）十月，王敬武死，其子王师范年仅十六岁，被青州军众推为平卢淄青节度使。少年王师范继其父之后，实际统治青州地区近十五年。王师范雅好儒术，年轻时负纵横之学，安民禁暴，很有方略，颇得时人赞许。

王师范被部众推举，棣州刺史张蟾表示反对，朝廷以太子少师崔安潜兼侍中，充平卢节度使。张蟾迎崔安潜至棣州，商量如何共同讨伐王师范。大顺二年（891）三月，王师范派都指挥使卢弘攻打棣州刺史张蟾。卢弘叛变，反而领兵来攻打王师范。

王师范派人送给卢弘厚礼，迎其进城。王师范对卢弘说："我王师范年轻痴愚，不能担当重任，愿意退位。如果能够保住我的性命，那就是您的仁慈了。"卢弘觉得王师范年轻，便相信了，没有防备。王师范秘密地对他的小校安丘人刘鄩许诺："如果你能杀死卢弘，我会让你当大将。"卢弘入城后，王师范埋伏好了甲士，请他来吃饭，刘鄩就把卢弘和随从杀死在座位上。王师范慰谕士卒，厚赏部众，亲率军队攻打棣州，捉住张蟾，将其斩首。崔安潜逃回到京师。王师范任命刘鄩为马步副都指挥使，朝廷无奈，只好下诏以王师范为平卢节度使。

天复三年（903）二月，掌握唐朝实权的朱全忠准备亲率大军征讨平卢淄青镇。三月，朱全忠到达大梁。朱全忠的侄子朱友宁领兵在齐州击退王师范的弟弟王师鲁。王师范派兵支援当时占领兖州的刘鄩，也被朱友宁击败。五月，朱友宁领兵进攻青州，朱全忠紧随其后。

此时王师范已感力所不及，便向淮南节度使杨行密求援，杨行密派大将王茂章率军七千北上救援之。六月，王师范率军与朱友宁大战于石楼，王茂章乘汴军疲惫之机出兵合击，结果大破宣武军，朱友宁被杀，平卢和淮南两镇兵追逐敌人至米河（今弥河），俘虏、斩杀了一万多人。

七月，朱全忠听闻朱友宁被杀后，亲率二十万大军前来征讨，兵锋直逼青州。王师范迎战，被击败，王茂章见势不妙也率军返回了淮南。于是王师范闭城自守，坚决不再出战。朱全忠觉得王师范兵力强大，很难马上战胜，自己返回大梁，留部将杨师厚率军继续围攻青州。杨师厚为了尽快攻克青州，便在临朐（今山东临朐）设伏，以辎重诱使王师范出战，一举斩杀青州兵万余人，俘获王师范弟王师克，王师范逃回城中。至此，王师范自知无力再战，便派副使李嗣业及弟王师悦请降于杨师厚，并称："师范非敢背德，韩全诲、李茂贞以朱书御札使之举兵，师范不敢违。"

当时，朱全忠本不想接受王师范的请降，但听闻关中李茂贞、杨崇本欲起兵围京师，担心昭宗又被劫走，才最终答应王师范的请降，朱全忠选了一些将领守卫登、莱、淄、棣等州，仍然以王师范权淄青为留后。"选诸将使守登、莱、淄、棣等州，即以师范权淄青留后。"

唐天佑元年（904），朱全忠把唐昭宗接到洛阳。次年正月，朱全忠让李振代替王师范为青州留后。二月，李振到达青州，王师范举族西迁。唐天佑四年（907），朱全忠称帝，国号梁，唐亡。次年六月，王师范被朱全忠灭族。

5. 李铁枪与梨花枪

李全杨妙真起义反金

金朝末年，华北政治秩序瓦解，民众为求自保，组成大大小小的武装集团。他们的政治向背对当时的宋、金、蒙三方逐鹿中原的成果有莫大的影响力，他们也成为宋、金、蒙三方的拉拢对象。其中影响最大、声名最著者，莫过于李全、杨妙真领导的红袄军。

金章宗泰和年间（1201—1208），金兵南侵，山东各地民众借机起义，益都（今山东青州）人杨安儿举兵抗金，对金朝的破坏力巨大。金贞祐二年（1214）五月，潍州李全等人也起义反金。李全是潍州北海农家子，锐头蜂目，很有谋略，并且弓马矫捷，能运铁枪，时号"李铁枪"。李全义军跟杨安儿相呼应。金贞祐二年（1214），杨安儿称帝，年底被金朝格杀。

杨安儿死后，他的妹妹四娘子杨妙真被义军余部奉为头领，称为"姑姑"。杨妙真善骑射，号称"梨花枪天下无敌手"。她旗下义军有一万多人。他们撤退到磨旗山（今莒县境内），建立了根据地。这时，李全也率起义军来到莒县，归附了杨妙真，二人结为夫妻。乱世烽烟，一杆"李铁枪"，一杆"梨花枪"，两人驰骋齐鲁之间，红袄军在李杨双枪的带领下，越战越勇，声势浩大。

南宋嘉定十一年（1218），即金兴定二年，正月，李全投归南宋，被任命为京东路总管。李全归宋后，以"忠义军"的名义继续同金朝和南下的蒙古军作战。八月，攻破密州和寿光县。十月，破邹平、临朐、安丘等县。李全连败金兵，还劝服益都的金国元帅张林归顺南宋。

南宋嘉定十二年（1219），即金兴定三年，张林在李全的规劝下归顺南宋后，继续统治青州，李全以战功擢升为达州刺史，杨妙真封为令人。这时李全让他的哥哥李福守胶西，张林不堪李福的胁迫，投降了蒙古，张林治下的州县也同时落入蒙古之手。南宋嘉定十五年（1222），李全率兵进占潍州，破益都，南宋任命李全为保宁军节度使、京东路镇抚副使。

南宋宝庆二年（1226），蒙古大军进逼青州。李全迎战，不能取胜，退守益都。蒙古军队筑长围围困益都，日夜攻城。李全粮尽援绝，跟李福商量，李福说："咱们两个人都死在这里是没有用的。我应当在这里死守孤城，你位高权重，责任重大，可以从小道回到南方，领兵来救援，那样可能是一条生路。"李全说："现在有数十万劲敌围绕，城里很难坚持。我早晨出城，晚上这座城就失陷了。不如你到南方去。"于是李全留在青州，李福南走楚州。

南宋宝庆三年（1227），李全突围，富珠哩遣兵攻击，李全大败，被斩首七千余级，李全退入城中。城中食尽，李全要投降，怕部将有异议，于是假装焚香南拜，要自缢而死，让亲信郑衍德等救下自己，并对自己说："留得青山在，归顺蒙古，不一定不是福。"于是李全就出城投降了。蒙古众将认为李全是被迫投降，应该除掉以绝后患。富珠哩富有远见，力排众议，上表奏闻蒙古皇帝任命李全为山东、淮南、楚州的长官，任命郑衍德、田世荣为副。山东各郡县闻讯，纷纷投降。

南宋朝廷获悉李全投降，尽杀李福和李全余部。李全听到消息，领兵南下报仇。蒙古太宗三年（1231）正月，李全人马在攻打扬州时中计，陷入泥淖中不能自拔，被宋军乱枪刺死。李全死后，其人马一部分投降南宋，一部分随杨妙真返回山东。杨妙真率军回益都，蒙古王朝任命她都元帅行省山东，杨妙真是元代唯一的女行省。杨妙真死，其子李璮袭位，蒙古王朝任命李璮为益都行省、江淮大都督，占据四十余城，专制山东三十余年。

6. 保卫潍县城

周亮工舍命战清兵

崇祯年间，清军不断突破明军防线入关掳掠。明崇祯十五年（1642）十一月，清军大举进攻河北、山东。一路清军自曹州东进，绕过济南进入临淄、青州，至十二月初围潍县。这次入关，清军攻陷河北、河南、山东城池八十八座，掳人口三十六万，地方史书称此劫难为"壬午兵燹"。今天潍坊地区的寿光、昌邑、诸城等城被相继攻陷，生灵涂炭，人民生命财产遭受惨重损失。"壬午兵燹"中，潍县城赖有知县周亮工坚守才得以保全，古城民众生灵、建筑园林、文化典籍免遭兵燹之灾。

周亮工(1612—1672)，字元亮，又字减斋、陶庵，江西金溪人。原籍河南祥符（今开封市）。他自号栎园，当时学者称他为栎下先生，是明末清初著名学者。崇祯十三年(1640)进士，崇祯十四年(1641)被选任山东潍县(今潍坊)知县。早在崇祯十一年，清军入关攻陷济南等六十余城，所到之处，烧杀掳掠，生灵涂炭。周亮工上任之后，安抚军民加强城防，日夜防御。

崇祯十五年(1642)，清军将领阿巴泰率水陆两军南下。知县周亮工闻警，会集地方士绅谋作城守，自捐俸银，又由士绅义民各出捐款，原有县兵百名，增募倍数，教演火器，又按牌甲抽调与各方招募编充义兵，时加教练。清军水军从莱州湾入侵，先攻陷莱州、昌邑、安丘等县，又由潍北烽台登陆，旋集骑兵三千，步兵万余人，大举围攻潍县。于腊月初九在城西北扎营数百帐，从次日(腊月初十)起，以重兵轮番攻城，并用红夷大炮远击县城，炮声如雷，撼天动地，百雉崩裂，腊月十二日辰时，又猛攻城西北角，并昼夜穿凿地道。在城东北角六次挖通地道于镇武阁城北，准备偷袭陷城。潍县城危在旦夕。

周亮工与典史王汝济率领全城军民严密防守，设指挥台于北城墙头青阳楼，并将城上分东南西北四段，请告老还乡的户部尚书郭尚友、陕西巡抚张尔忠、南瑞道参政王瑎、候补主事胡振奇四人分段督战。城头一千二百一十五个雉堞均派精兵固守，万众一心，力挫敌军。十九日至二十日，守军截挖地道，以火熏烧，复以石块填塞被挖地道，挫伤敌军锐气。战斗持续到二十四日黎明，清军更加疯狂，加紧挖凿地道，并调集云梯百架，蚁屯蜂拥，猛烈攻城。县城危在旦夕时，他命幕僚在胸前衣襟上书写"潍县令周亮工之尸"，数百人皆痛哭失声不能仰视。他披甲执刀在城上指挥，在清军飞箭如蝗齐射下，左肩中二箭，毫无惧色。及清军将登城之际，他见战士稍有后退，即举起战刀对大家说："作战不力，我就死在这里。"说罢举刀向自身刺去，赖身旁孝廉郭知逊、生员胡贞彻极力阻止，守城军民深受激励，一时士气大振，用榆树数千做檑木，以堆积如山的滚石投掷敌群，点燃草束烧其云梯。其如夫人宛邱王氏，年仅十九岁，能诗文，有胆识，在与清军鏖战时，她登北城送饭，慰问守城军民，并到城头青阳楼擂鼓助战，鼓舞士气，被誉为"梁夫人"。

双方战斗一直坚持到崇祯十六年(1643)春天，潍城被困三个月后，终于迫使清军撤退。总之，周亮工身先士卒，军民一心，保全了潍县城。他自己著有《全潍纪略》，记录翔实，巨细无遗，凡当时参与全城之战的诸缙绅、职官、士兵、平民等，皆录其姓名行事，凡战时之筹划、计谋、攻守情况、所用之兵械、敌我伤亡详情等皆一一载记。战事之惨烈，时局之艰危，合城之众志，潍民之英勇，皆跃然纸上，如在眼前。

周亮工面对重兵围城的危险局势，沉着历练，率兵众坚守三月，遂使县城完璧。"壬午兵燹"中，潍县赖有知县周亮工坚守才得以保全，周亮工应该是有明一代对潍县文化贡献最突出的一位县令。古城免遭屠城之灾，为清代潍县经济文化的持续发展保存了较好的基础。历经明清嬗代的社会震颤，潍县文化一如既往向前发展，盖在守城之功。

周亮工秉性耿直、豪爽，关怀民瘼，深受潍县百姓爱戴。崇祯十六年(1643)，他以廉卓升授浙江道试御史，次年赴京履任，潍县百姓焚香列队送行，并推出代表步行护送到千里之遥的德州。潍县百姓深感这位县令守土安民的恩德，在潍县城海道司巷里海道巷北首路西为他建立生祠，称为"周公祠"。后县令赖光表、郑板桥入祠，改称"三贤祠"。明亡后，清顺治二年(1645)亮工仕清，康熙元年(1662)调任山东青州海防道，路过潍县，目睹潍县民众为他所建生祠，感慨万千，泫然流涕而去。

7. 攻坚战的典范

解放军攻克潍县

日本宣布无条件投降后，蒋介石领导的国民党军队悍然侵占中共领导的解放区，双十协定刚刚签订，1947年4月，国民党军四十五万人的部队发起对山东解放区的重点进攻。在半岛地区，人民解放军山东兵团经过胶河战役、胶高追击战等战役，转入战略反攻。

潍县面山负海，地处山东半岛中部，控扼半岛，军事战略地位十分重要，历来是兵家必争之地。1948年4月2日，解放军华东野战军山东兵团在许世友、谭震林的指挥下完成胶济铁路西线作战后挥戈东进，发起潍县战役。

新中国成立前的潍县

潍县城墙（潍坊市委宣传部供图）

19

城墙高大坚固，被称为"鲁中堡垒"，是国民党军重点设防的城市。解放战争期间，国民党守军在城内城外设有三道防线，城墙外有宽五米、深五米的护城壕沟；城墙下筑有土围墙，上面设地堡、暗堡；城墙高达十三米，上面还安装了电网、布下多层火力点。此外，在潍县城内，街头巷口、空场、高楼均筑有地堡。潍县的国民党军队指挥官陈金城不无得意地说："潍县固若金汤，万无一失。"

华东野战军兵团司令部位于县城以北二十公里的常寨村。华东野战军4月8日完成对外围敌人的分割，对潍县城形成包围之势；至4月18日攻占坊子等五十多个外围据点，肃清潍县城四关敌人，随后停止进攻，隐蔽进行迫近作业。4月22日，解放军各主攻部队和炮兵奉命进入阵地。4月23日18时，一声令下，二百余门炮同时开火，潍县西城的垛口、城门楼、碉堡、地堡等目标基本上被摧毁，敌人的火力被完全压制，失去了还击能力。炮击结束后，工兵开始爆破作业，护城壕沟被爆破掀起的大量泥土填平，地堡里大部分敌人丧失了抵抗能力。突击部队迅速越过壕沟，向城下土围墙的地堡、暗堡发起攻击，只用了二十多分钟就肃清了城下工事里的敌人，为后续部队扫清了障碍。

4月24日零时21分，爆破城墙的命令下达。九纵二十七师七十九团指战员不顾敌人投下的手榴弹和飞崩的弹片、石块，迅速架好炸药杆，将炸药拉升到高大的城墙上，拉燃导火索。几次爆破下来，城墙被炸开了一个三四米宽的大口子。解放军战士进入城区投入巷战。

24日6时40分，国民党部队出动飞机向解放军阵地狂轰滥炸，并以营为单位轮番向突破口进攻。在纵队炮群的火力支援下，解放军主力攻城部队展开新一轮猛烈攻势，于午后成功登城。陈金城见大势已去，率残部逃往东城。4月26日晚，解放军乘势发起对东城的总攻击，陈金城被俘虏，国民党第八保安总队长张天佐被击毙。4月27日12时，东城战斗结束，潍县解放。

5月8日，中共中央华东局、华野总部颁布嘉奖令，授予第二十七师第七十九团"潍县团"荣誉称号。山东兵团伤亡约0.8万人，歼敌近4.6万人，俘虏第九十六军军长兼整编四十五师师长陈金城等人，击毙山东第八区专员兼保安总队少将司令张天佐，消灭了国民党军的有生力量，拔掉了敌军的"鲁中堡垒"，切断了敌军在济南与青岛之间的联系，铲除了潍县周围数十个县的反动武装。战役胜利后，胶东、渤海、鲁中三大解放区连成一片，为解放济南等大城市积累了宝贵经验，有力地推动了山东乃至全国的解放，成为解放战争史上的一座丰碑。

潍县战役是解放军华东野战军首次对坚固设防的较大城市的阵地攻坚战，使华东野战军获得了宝贵的攻坚作战经验，掌握了一整套攻坚战术和技术，促进了炮兵和工兵建设，大大提高了华东野战军攻坚作战的能力。毛泽东在1949年新年献词《将革命进行到底》一文中提到潍县战役，就人民解放军在攻克潍县等城市的作战中提高了攻坚作战水平给予了高度评价。

（二）治国安民

1. 东夷大舜

大舜在诸城的故事

舜（生卒年不详），姓姚名重华，字都君。诸冯（今山东诸城）人，五帝之一。舜为东夷族群首领，以受尧的"禅让"而称帝于天下，其国号为"有虞"，也称"虞舜"。从正史记载来看，舜是确有其人的历史人物，潍坊是历史上的东夷地区，舜与潍坊的渊源极为深厚。

战国时期的孟子认为："舜生于诸冯，迁于负夏，卒于鸣条，东夷之人也。"意思是大舜生于诸冯（今诸城），后来迁居到负夏，去世在鸣条，本是东夷人。东汉赵岐注曰："生，始。卒，终。记终始也。诸冯、负夏、鸣条，皆地名也。负海也，在东方夷服之地，故曰东夷之人也。"

那么"诸冯"作为地名出现的时代，显然比舜出生的时代还要早。我们依据有关考古资料推测，"诸冯"出现的时代约相当于考古学上的大汶口文化晚期，或龙山文化早期。目前，诸城境内发现大汶口文化和龙山文化遗址三十多处，商周文化遗址七处。这些都与舜生时代相吻合。山东考古学界在研究山东大汶口文化与典型龙山文化时，普遍认为这两种前后相继、传承一脉的自具地方特色的区域文化，其主人即文献所记载的舜帝部族。

　　舜帝部族是典型的东夷族，在山东海岱地区有着极为悠久的发展历史，到大汶口与龙山文化时期，其文明的高度达到历史的极致。古时所谓的禅让，实质是方国联盟之间的轮换执政。作为联盟执政者——大舜，是当时的杰出人物，受到社会的普遍尊重。潍坊不但是东夷文化的主要发源地，也是舜文化的核心区域。大舜出生于古代东夷族聚居地区，后来继承和发展了东夷先进文化，吸收接受了其他地方的先进文化，并推广到中国，才成为民族的圣人。

　　典型的龙山文化的蛋壳陶之时代与工艺特点，均与文献所记舜帝的时代及当时精于制陶相契合。龙山文化"蛋壳陶"，及其精美绝伦的烧制艺术，处于人类制陶艺术发展史上的高峰，而文献中与之合证的则恰恰是舜帝时代的社会形制和舜帝"上陶"特征。《周礼·冬官·考工记》谓："有虞氏上陶，夏后氏上匠，殷人上梓，周人上舆。"先秦文献《韩非子·难一》载："东夷之陶者器苦窳，舜往陶焉，期年而器牢。"在舜帝之前大汶口文化时期，当地的陶器烧造已经达到相当高的水平，发展到龙山文化后期，经过舜帝的提倡与推进，陶器烧造之精美成为历史时代的突出标记。

　　传说是历经千代的民间文化历史，是口述历史。传说故事广为流传，在传播的过程中，往往和各地的自然风光及人文景观相互结合，从而形成了传说遗存地。《史记》所记的"让畔""让居""涂廪""穿井"等故事，在诸城民间一直广为流传。这恰恰说明了舜帝在这里老百姓心中的地位之高。根据历代的地方志乘，诸城北郊有村名"诸冯"，古今相继建有舜庙。

诸城大舜苑（潍坊市委宣传部供图）

为研究和弘扬舜帝文化，2009 年 6 月 21 日由山东省大舜文化研究会主办，潍坊市政府与诸城市政府承办的"2009 中国（诸城）大舜文化学术研讨会"，在舜帝的出生地诸城成功举办。来自国内高等科研机构与高校的六十多位著名专家学者，一致认为：舜帝出生地在诸冯，而诸冯即在今诸城是确信无疑的。

为了弘扬、发掘虞舜文化，在各级专业政府的大力支持下，2004 年诸冯村开始还原古诸冯村貌，整修历山，重修舜庙，修建舜帝城、舜裔祠、舜帝广场等文化工程，建设大舜苑文化旅游景区。诸冯村近些年还成功地举办了数届全球公祭舜帝大典，迎接了来自海内外数以十万计的客人，极大地提高了诸冯村的知名度。如今，随着占地一千亩、投资数亿元的诸城大舜苑修建成功，舜帝文化、诸城以及诸冯在海内外的知名度、影响力将进一步提升。

2. 采薇首阳

伯夷叔齐的故事

相传，伯夷、叔齐是商末孤竹国国君的长子和三子，伯夷是大儿子，叔齐是三儿子。其父临终前立叔齐为国君，老国君去世后，叔齐要把王位让给长兄伯夷，伯夷不受，逃离了国家。叔齐尊天伦亦不肯当国君，也逃走了，百姓只好推选孤竹国的二儿子继承了王位。

伯夷让国后走到了北海边上，大致是今天的渤海一带。叔齐随后追随兄长伯夷的足迹也隐逃来到此地。《孟子·公孙丑上》记载二人在北海隐居期间，有大大小小的诸侯、君主前来用好言好语请他们去做官，但他们不愿接受，宁愿过隐居的清贫生活，因为不是他们心目中理想的君主，他们不愿意侍奉。伯夷、叔齐在渤海一带静静地等待天下变得清明。

兄弟两人听说西伯侯姬昌，即周文王是一位有道德的人，便长途跋涉来到周的都城。此时，周文王已死，武王即位，见商朝政局败乱而起兵伐纣。伯夷、叔齐认为这是用错误的行为来取代商纣的残暴统治。周武王与姜太公率领大军，载文王灵牌，征讨商纣的途中，伯夷、叔齐二人便拦住武王的马头叩谏："父亲死了，不好好安葬让他入土为安，却要兴兵打仗，能说是孝子的行为吗？作为臣子，现在要去弑杀天下的共主，能说是仁者的行为吗？"周围的士兵要杀伯夷、叔齐，被姜太公制止了，姜太公说："这两个是仁义的人。"他上前扶起两人，让他们离去了。

等到武王消灭商朝做了天子，伯夷、叔齐认为武王做了大逆不道的事情，耻与其为伍，就逃避到远离西周的东方，在北海的首阳山隐居起来，发誓不吃周朝国土上的粮食，两人在山中挖野菜吃。后来他们碰到一个上山挖野菜的妇女，说起天下变化，这位妇女说："现在这里是姜太公的封国，这里的土地已是周朝的土地，这些野菜也是周朝的了。"伯夷、叔齐听后，仰天长叹道："神农和夏禹的仁德时代已经一去不复返了，这个世界已经没有适合我们生存的地方了，我们的命运真是悲哀啊！"二人连野菜也不吃了，直至饿死。

在中国漫长的历史进程中，伯夷、叔齐被广为称颂，封建社会把他们当作抱节守志的典范。孔子赞曰："古之贤人也""求仁而得仁"。孟子赞曰："闻伯夷之风者，顽夫廉，懦夫有立志。"他们隐居的首阳山也因此闻名于世。到如今，出现了许多"首阳山"，各地都在抢夺"首阳山"的正宗权，都说自己的"首阳山"才是伯夷与叔齐的饿死之地。

伯夷、叔齐义不食周粟，隐居于首阳山的传说一直在昌乐流传着。首阳山，又叫孤山，亦名凤山。《昌乐县续志·山川志》记载："城东南十里外孤山，特起一峰，壁立千仞，为邑东保障，城脉盖由此焉。"面积2.9平方公里，前有桂河环绕，后有邢家河源起北流，西与草山毗邻，南与方山相映，绿荫连绵数十里，是潍坊地区渤海南面第一山第一高峰。

今昌乐县城东的首阳山上，建有夷齐祠。夷齐祠亦称昭贤祠、清圣庙，始建年代已无可考，但自隋唐至明清历有重修，有案可查的重要修复就有五次，可见此庙始建年代不会晚于隋代。历经千百年，夷齐祠庙貌依然，虽有破损，但仍可看出原来的形制概况。此庙建筑风格奇特，是一座石质无梁建筑，长约10米，宽5米，高6米，四墙石灰岩砌成，拱形顶亦由石灰岩发碹而成，前有拱形门，门两侧各有一个正方形窗，庙前有一个方形石砌的蓄水池。

孤山庙（潍坊市委宣传部供图）

庙周围古砖旧瓦随处可见，残碑断碣散落整个山顶，数一下碑座碑帽，原来有十几座碑碣。大部分碑碣的文字经多年的风剥雨蚀，已很难辨认，唯东北角一块半埋地下的断碑文字还清晰，是光绪二十七年知昌乐县事朱照重修孤山庙时立的。碑的横眉是"孤山庙记"，竖眉是"重修夷齐祠记"，碑文记录了孤山庙的来历，伯夷、叔齐的事迹和重修夷齐祠的意义。每年的三月三有庙会，数不清的游客乡人云集山顶庙前，或缅怀贤哲仁圣，或祈求平安赐福，香火旺盛，热闹非凡。

有关伯夷、叔齐隐居昌乐首阳山的事迹，以及夷齐祠重要修复事宜，昌乐历代县志均有记载。伯夷、叔齐与首阳山的传说不但是昌乐珍贵的文化遗产，也是中国优秀的文化遗产。保护好这一非物质文化遗产，具有重要的历史和考古价值。

3. 师事盖公

曹参相齐

西汉初年经济萧条，人口散亡，社会经济急待恢复和发展。黄老学说在政治上主张"无为而治"，这恰好符合了社会发展的需要。曹参相齐与汉初统治思想、统治政策的选择有直接的联系。曹参（？—前190），字敬伯，泗水沛（今江苏沛县）人，秦二世元年（前209）跟随刘邦在沛县起兵反秦，刘邦即位，论功行赏，曹参位居第二，赐爵平阳侯。西汉建国以后，曹参的最大功绩是相齐九年和相惠帝三年，是汉初推行黄老之治的首席政治家。

曹参相齐采用黄老思想与齐地的盖公有关。为了有效地控制齐地，刘邦封诸子中最年长的刘肥为齐王，同时任命曹参为齐的相国。实际上把治理齐国的重任交给了曹参。曹参担任齐相国之后，为治理这个地广人众的东方大国而煞费苦心。上任伊始，邀请齐国有名望的"长老诸生"，就如何治理齐国"安集百姓"征求他们的意见。但应召前来的百余名儒生"人人言殊",无法形成共识,使曹参一时也难以定夺。后来,他听说胶西国(今潍坊高密西南)有一位姓盖的老人,善治黄老学说,很有名望,就以重金聘请他来到齐都临淄。曹参虚心向盖公请教治齐之策,"盖公为言治道贵清静而民自定,推此类具言之"(《史记·曹相国世家》),发挥了老子"我无为而民自化,我好静而民自正"的思想。

盖公,史佚其名,明万历《安丘县志》称盖公为"邑人"。民国《安邱新志》载:"盖公冢,在朱子西南三里盖公山上,冢侧有庙,夫妇并祠。"宋代文学家苏东坡任密州(今潍坊诸城)时,读史感兴,还曾创建"盖公祠",并写下了散文名篇《盖公堂记》。曹参对盖公大为信服,让出自己的正堂供盖公居住,待以师礼,使这位老人成为自己身边的政治顾问。此后,曹参以黄老思想为指导治理齐国,清静无为,与民生息,齐国成为推行黄老之治的最早试验基地。

曹参选中黄老之术作为治齐的指导思想,盖公的一番说辞起了关键作用。但是还要考虑到齐地的具体情况。首先齐地是秦末及汉初遭受战争破坏的重灾区之一,百废待举。齐国之所以先于全国其他地方成为曹参推行黄老之术的试验基地,是因为这里是黄老思想的发源地。齐国的稷下学宫全盛时期,道家黄老学派的代表人物田骈、宋钘、尹文、环渊等,在稷下学宫的讲学与论辩中,形成了自己的思想体系与学术风格。盖公是这个学派的传承人。再次,由于黄老思想产生于齐国,它在齐地有一定的群众基础,曹参选定黄老思想作为治齐的指导原则,应该是考虑到该思想与齐地的血缘关系。就这样，齐国顺理成章地成为黄老政治的试验基地。曹参"相齐九年，齐国安集，大称贤相"，齐国走上了稳定发展的道路，黄老之术在试验基地结出了累累硕果。

惠帝二年（前193），曹参继任汉朝丞相，把自己治齐时所遵奉的黄老思想推广为治理全国的指导原则。表面上看，曹参是十分消极的，他仿佛在真诚地躬践老子的"无为而治"，而这恰恰是对秦朝"有为而治"深刻反省的结果。但他的"无为"并非真的无所作为，放弃国家对社会的管理职能，而是在执行既定政策的前提下，以一定程度的放任主义给百姓以发展生产的宽松环境，这在当时应该说是最高明的治国方略了。曹参任丞相三年，确立了黄老思想作为汉帝国政治上的指导原则，也就在事实上为汉王朝的"文景之治"创造了条件，其功绩不可磨灭。

诚然，西汉初年选择黄老思想作为治国的指导原则不能归于曹参一个人的功劳。因为除了社会大环境的制约外，汉王朝当政者中服膺黄老思想者还大有人在。但是，也应该承认，黄老思想之确立为汉初的统治思想，是他首先在齐国实行黄老之治，又是他在当上汉帝国的丞相后将黄老之治推向全国。从一定意义上讲，在汉初将黄老之治推向全国是曹参一生的最大贡献，也是齐地思想家盖公对全国的最大贡献。

4. 三贤祠

富弼、范仲淹、欧阳修相继知青州

范仲淹（989—1052），字希文，北宋政治家、军事家和文学家，谥号文正，追封楚国公。庆历三年（1043），范仲淹任参知政事，与改革派富弼、欧阳修推行新政，裁减冗员，整顿朝纲。新政触犯了保守官僚阶层的利益，遭到他们的激烈反对，新政很快失败。范仲淹、富弼等被逐出朝廷，贬到邓州、杭州、青州等地为官。

富弼（1004—1083），字彦国，河南洛阳人，庆历七年（1047），以资政殿学士加给事中知青州，兼京东路安抚使。宋皇祐二年（1050）年底离任。范仲淹于宋皇祐三年（1051）接替富弼，以户部侍郎知青州，兼充淄、潍等州安抚使，皇祐四年调颍州任职。欧阳修（1007—1072），吉州庐陵（今江西吉安）人，宋熙宁元年（1068）以兵部尚书知青州，充京东东路安抚使。宋熙宁三年（1070）七月离任。

富弼上任之后，逢河朔一带洪水成灾，大批灾民外逃。逃到青州的，富弼都加以妥善安置。于是灾民互相转告，纷纷流向青州，富弼开创简便易行的赈灾方法赈济饥民，救活灾民五十余万人。他离开青州时，青州人民在瀑水涧旁修筑亭子，以作纪念，名"富公亭"。范仲淹接任青州知府，到富公亭游览，睹物思人，留下了诗篇，至今青州市范公亭公园尚有富弼祠。

范仲淹在青州任职的时间很短，不到两年，但在历任青州地方官中，知名度最高。其最重要的原因，就是他身体力行"先天下之忧而忧，后天下之乐而乐"的思想准则，实实在在地为青州百姓办实事、办好事。青州人民为了纪念范仲淹的恩德，在范公上岸的地方修建了范公祠，另有井亭称"范公亭"，通往范公亭的路改称"范公亭路"，直到今天，来拜清官的人依然络绎不绝，已成占地四百余亩的范公亭公园。

三贤祠之范仲淹祠（潍坊市委宣传部供图）

欧阳修在青州奉行"宽简而不扰"的施政方针。刚到青州三五天，官府事物已经"十减五六"。两个月后，"官府如僧舍"。两年之后，出现了"年时丰稔，盗讼稀少"的景象，正如他自己描述的"年丰千里无夜警"。欧阳修于公暇病余，在为纪念范仲淹和富弼而建的范公亭、富公亭，以及范、富等人曾游览过的表海亭（即望海亭）、南楼、水磨亭等多地游览赋诗，留下了脍炙人口的名篇佳句。青州人民怀念清官欧阳修，宋代在石子涧侧建了欧公祠，明代移建于范公祠右侧，与范公、富公二祠合称为"三贤祠"。今天既是纪念祭祀先贤的圣地，也成为青州市廉政文化教育基地。

三贤知青州期间，施政方针不同，但都政绩突出；在弘扬文化方面，也都各有侧重，都留下了丰富的诗文名片，对潍坊区域文化产生了重大影响。

青州城西南的石子涧是南阳河支流上的一个小瀑布，也被称为瀑涧。富弼曾在石子涧侧建亭祈雨，涧侧建有纪念范仲淹前任青州知州富弼的冰帘堂和富公亭。范仲淹的《石子涧二首》之一"凿开奇胜翠微间，车骑笙歌暮未还。彦国才如谢安石，他时即此是东山"，将富弼比为东晋的谢安石，赞颂他的才华，激励他等待时机东山再起。欧阳修有《游石子涧》："巉崿高亭古涧隈，偶携嘉客共徘徊。席间风起闻天籁，雨后山光入酒杯。泉落断崖春壑响，花藏深崦过春开。麋麑禽鸟莫惊顾，太守不将车骑来。"诗是欧阳修携宾客幕僚游览石子涧，登临富公亭，饮酒观瀑时所作，堪称"醉翁之意不在酒，在乎山水之间也"的"醉翁亭图"。

南北朝至宋元，潍坊地区的本土文学得到长足发展，南北朝时期的刘孝标、任昉、史虚白，唐宋金元时期的韩熙载、李清照、侯真、刘庭信等，都是享有盛誉的文学大家。而游宦潍坊的范仲淹、欧阳修、苏轼等文学巨匠也以他们的作品提升了潍坊地区文学艺术的水平和影响。

5. 老夫聊发少年狂

苏轼密州祭常山

苏轼（1037—1101），字子瞻，号东坡居士，眉州眉山（今四川眉山）人，政治家、文学家、书法家，唐宋八大家之一。熙宁七年（1074），三十七岁的苏轼由杭州通判改以太常博士、直史馆、权知密州（今山东诸城）军州事，十二月抵达任所；

熙宁九年（1076）十二月离任。两年密州知州生涯，他在繁忙的政事之余，创作了诗歌127首，词18首，文64篇，共计209篇。其中，很多是脍炙人口、传诵不衰的名篇。

苏轼知密州的时候，正赶上蝗旱侵扰，他不仅亲自参与灭蝗，甚至赴常山祈雨，常山位于诸城县南十公里。其山形如卧虎，原名"卧虎山"，密州连年干旱，当地风俗是去常山祈雨，常山祈雨常常灵验，故名曰"常山"。苏轼在密州两年多的时间里，曾先后六次到常山祈雨。苏轼到常山不仅祈雨，修葺神庙，还在去常山的路上，不断地体察民情，关心农业生产，打猎练兵。

苏轼的《祭常山回小猎》，是他熙宁八年（1075）十月在祭常山回来的路上，与同僚在密州铁沟习射会猎后，回到州衙所写的。苏轼写了诗《祭常山回小猎》和词《江城子·密州出猎》以后，常山便更加闻名遐迩了。

《祭常山回小猎》诗：

> 青盖前头点皂旗，黄茅冈下出长围。
> 弄风骄马跑空立，趁兔苍鹰掠地飞。
> 回望白云生翠巘，归来红叶满征衣。
> 圣明若用西凉簿，白羽犹能效一挥。

熙宁八年七月，辽主胁逼北宋王朝割七百里地给辽国。苏轼听闻极为气愤。诗化用了西凉主簿谢艾的事情，谢艾是一名书生，善于用兵，苏轼用来比喻自己，表明如果朝廷任用自己为将，他也能建功立业，表达了他效力疆场、保家卫国、辅助国君的英雄主义精神。

《江城子·密州出猎》是苏轼豪放词代表作：

　　老夫聊发少年狂，左牵黄，右擎苍，锦帽貂裘，千骑卷平岗。为报倾城随太守，亲射虎，看孙郎。

　　酒酣胸胆尚开张，鬓微霜，又何妨！持节云中，何日遣冯唐？会挽雕弓如满月，西北望，射天狼。

　　这首词打破了词的内容分上下阕的格局，一气呵成。先写出猎时猎队威武，"左牵黄，右擎苍，锦帽貂裘，千骑卷平岗"，次写打猎时壮观的场面，"为报倾城随太守，亲射虎，看孙郎"。进而表现自己心高胆壮，渴望卫国立功边陲的雄心壮志，"会挽雕弓如满月，西北望，射天狼"。就抒情性而言，词比诗更充沛、生动，抒发情感更酣畅淋漓。《江城子·密州出猎》异军突起，继承了范仲淹苍凉悲壮的边塞词的精神，开创了豪放词派，成为南宋抗战爱国词的先声。

　　苏轼来密州时，年仅三十八岁，他的豪放词风发轫于密州。密州是苏轼人生路途的一个重要驿站，在这里他的文风发生巨大改变。苏轼在密州，其词作风格逐渐转向豪迈放达。历来被视为北宋第一首豪放之作的《江城子·密州出猎》给充满绮罗香泽之气的词注入阳刚豪放之气，体现了苏轼对词的全新追求和探索，奠定了他在词史上的地位。

　　苏轼在担任密州知州的次年，修建了诸城著名的古迹超然台。超然台坐落于诸城县城西北城墙上，苏轼在原来城墙上的土台上复加栋宇，作为登高望远之地。"千年密州苏东坡，词赋胜地超然台"，千余年来，密州因苏东坡而驰名于世，超然台因苏轼的《超然台记》和千古绝唱《水调歌头·明月几时有》而闻名于世，

2007年2月，诸城市决定重建超然台。2009年，超然台在原址附近重建完成。超然台景点分为超然台和苏东坡纪念馆两部分：沿台东侧的城墙坡道拾级而上即是超然台；台体内的苏东坡纪念馆有苏轼密州出猎半景画式场景，还有关于苏轼在密州的岁月和他生平典故的展示。

超然台（潍坊市委宣传部供图）

6. 衙斋卧听萧萧竹，疑是民间疾苦声

板桥在潍得民心

潍县，乾隆十年（1745）发生了瘟疫，七月海水上涌，内

浸庄田，使得当年的收成受到很大影响。乾隆十一年，潍县从春天开始境内大旱，赤地遍野，寸草不生，六月山水暴涨，多地村庄民田被淹浸，出现"人相食，斗粟值钱千百"的惨状。这一年，郑板桥从范县调潍县任知县。

郑板桥（1693—1765），名燮，字克柔，号理庵，又号板桥，江苏兴化人，祖籍苏州，乾隆元年（1736）进士。上任的第一年，面对灾情，郑板桥果断下令开官仓赈灾，让饥民写借条领米，令大户轮流开厂施粥，同时责令屯粮大户平价卖粮。从长远计，又以修城凿池等合法名义，大兴工役，让远近饥民赴工就食。这些措施解救百姓于水火之中，"活万余人"。按照清代律令，地方设立官仓蓄粮，以备不时之需。凡动用地方官仓中的储蓄粮，必须经朝廷批文，否则重罪难恕。当时灾情紧急，百姓朝不保夕，郑板桥忧心如焚，置个人前程安危于不顾，在开仓之前，亦有人再三劝阻不可违背朝廷王法，郑板桥义无反顾："此何时？俟辗转申报，民无孑遗矣。有谴，我任之！"上任第一年的秋天，又连续八个月大旱，为减轻灾民负担，郑板桥拿出自己一年的"养廉银"，代替赋税，救民于水火。

郑板桥虽大力组织救援，但难以挽回局势，流离失所者不计其数，大量的饥民向东北逃荒谋生。目睹这一惨状，他写诗《逃荒行》再现了当时的惨状："十日卖一儿，五日卖一妇。来日剩一身，茫茫即长路……"这首《逃荒行》与后来创作的《还家行》，前后相接，皆细微地写出了饥民逃荒之苦与还家之痛。

为官第二年（1747），春天潍县旱，饥馑，自五月十八日后，连续两月，大雨连绵，潍县洪涝成灾，郑板桥组织救灾。

为官第三年（1748），潍县大疫之后，蝗灾水灾接踵而至，又是饥民遍地的惨况，郑板桥采取了应对措施，予以赈灾。措施之一是以工代赈：修城凿池，招远近饥民就食赴工。借修城之机解救灾民，招灾民赴工发粮，同时发动大户富户集资，让他们出钱修城，郑板桥带头出资，同时尽力向朝廷争取赈灾优惠政策。从乾隆十三年（1748）秋动工至乾隆十四年（1749）三月，修城历时五个月。郑板桥作《修城记》记载此事，并刻成碑文，碑文的墨迹和拓片是他留给潍县的珍贵墨宝。

为官第四年（1749），秋粮获得大丰收，是几年来年景最好的一年，百姓得以休养生息，异地逃荒者闻讯返乡，郑板桥作《还家行》记录看到的情景和感受。第五年，年景平安无灾，政通人和，他倡导修建了潍县城东南角颓圮的文昌阁，并写了《重修文昌阁记》，文章光绪八年被刻石并置于文昌阁内。

为官第六年春天，潍北海啸，海水浸地百里，板桥到潍县北边的禹王台勘灾，组织救灾。第七年，乾隆十七年（1752），他倡导修了潍县城隍庙，亲自撰写《潍县新修城隍庙碑记》刻于石。《城隍庙碑》撰文、书法、镌刻绝好，被人赞誉为"三绝碑"。

三绝碑（潍坊市委宣传部供图）

是年秋，他以"请赈忤大吏"被罢官。

被罢官的这段时间，郑板桥借住友人家中。来年，即乾隆十八年癸酉年（1753）的春天，郑板桥离开潍坊南行。只用三头毛驴，一头驮着他的书籍，一头自己骑并带简单行李，另一头书童骑着前导。他在潍县居官七年，卓有政绩，案无留牍，邑无怨民。他知潍七年，造福一方。他关心民瘼，体察民情，留下了很好的口碑。去职返乡之日，百姓遮道相送，痛哭挽留，为其立生祠以祀。

郑板桥在任潍县期间，礼贤爱士，潍县韩梦周贫而好学，板桥夜间出访，发现了挑灯夜读的年轻人，对其赞许有加，时时给予资助。后来韩梦周考中进士，并成为理学大家。在潍县七年期间，他与潍县的学士文人交往密切，创作了大量诗文及书画作品，对潍县的文风、书风和画风产生了较大影响。其诗书画，世称"三绝"，海内知名，著有板桥诗钞、词钞、家书等行世。郑燮的诗文作品除了深刻地揭示了当时社会矛盾之外，也生动描写了潍县的自然风物与乡土人情。郑板桥的《潍县竹枝词》四十首，蕴含了丰富的潍县乡风民俗信息，真实地再现了潍县旧日风光景物和生活场景，也为人民提供了一幅十八世纪中叶的潍县社会风俗画卷。

郑板桥以"三绝诗书画，一官归去来"的艺术成就和廉洁勤政清官形象而闻名于世。他的《潍县署中画竹呈年伯包大中丞括》"衙斋卧听萧萧竹，疑是民间疾苦声。些小吾曹州县吏，一枝一叶总关情"，抒写出心系百姓的忧思之声，是忧国忧民的千古名篇。现潍坊市潍城区东风街和平路路口西北方向的十笏园文化街区内，有郑板桥纪念馆，内有郑板桥的画像、塑像以及他的书画墨迹、拓片等。其位置优越，交通便利。

二

人物风流

在中国历史的长河中，活跃着很多潍坊籍名人。文官中官至相国的就有数十位，齐国晏婴，汉代公孙弘，南北朝王猛，唐代崔圆，五代苏禹珪，宋代王曾和赵挺之，明代刘珝，清代刘正宗、冯溥、刘统勋、刘墉等，皆为名相；武将有五代刘郜，隋代刘兰成，宋金元时期的李全，明朝邢玠、李介、李昆、王化贞，清代薛禄益、傅振邦等，都是当时名将。中国历史上也有一大批潍坊籍文化巨匠，例如造字的仓颉，遍注群经的郑玄，撰写《齐民要术》的贾思勰，山水画第一的李成，科学家燕肃，编纂《金石录》的赵明诚，创作《清明上河图》的张择端，一代医学宗师黄元御，创立高密诗派的三李先生，说文四大家之一的王筠，金石收藏第一人陈介祺等。由于篇幅所限和章节要求，下文只能择取部分名人介绍给大家。

（一）国之栋梁

1. 食不重肉

齐相晏婴辅佐三朝

晏婴，今山东高密人。晏婴是春秋末期齐国名相，司马迁在《管晏列传》中介绍晏婴，说晏婴"事齐灵公、庄公、景公，以节俭力行重于齐。既相齐，食不重肉，妾不衣帛"——身为大国之相，吃饭只有一份肉、小妾不穿丝帛衣服，确实太节俭了。但节俭的晏婴不仅在权贵面前不畏生死，而且还知人善用，很有政治眼光。

公元前 548 年，齐庄公姜光荒淫无道，被权臣崔杼杀死在家里。齐庄公本是崔杼所立，现在又被崔杼所杀，大臣们战战兢兢，不知所措。晏婴听说之后，赶到崔杼家门外，说："国君为国家而死，臣子们可以跟着他死；国君为国家而出逃，臣子们也可以跟着出逃；但现在他因为自己的荒淫无道而死，那就只有跟他私下亲昵的人来担当祸患了。"崔杼家的大门打开之后，晏婴就进去了。他头枕着齐庄公的尸体哭起来，跳了三次，才离开了崔杼家。有人劝崔杼："一定要杀死晏婴。"崔杼却说晏婴是"民之望也"，"舍之"可以"得民"，就没有杀他。晏婴五十二年后才去世，当时大概二三十岁，已经是"民

43

之所望"了，就连崔杼这样能够废立甚至杀死国君的人都不敢杀他。

晏婴当了相国之后，非常谦卑。有一次他坐着马车经过车夫的家，车夫的妻子从门内看见自己的丈夫坐在马车的大盖下面，驱赶着四匹马显得非常得意。车夫回家之后，妻子要求跟他离婚。车夫问为什么，妻子说："晏子身高不满六尺（140厘米左右），他的身份是齐国的相国，他的名声显赫于诸侯，我今天看到他，感觉他志气、思想都很深沉，很谦虚，能够甘居人下。你身高八尺，只是给他当车夫，可你竟然非常满足，所以我要求离婚。"从那之后车夫就低调了很多。晏子很奇怪他的变化，问他怎么回事，车夫据实回答。晏子就举荐车夫当了大夫。

公元前539年，晏婴作为齐景公的特使来到晋国，请求晋平公续娶齐国之女。两国订婚之后，晋国的叔向问晏婴："齐国现在怎么样呢？"晏婴说："现在是末世，我不知道会怎样，不过姜氏的齐国大概要成为陈氏的了！国君不爱惜人民，人民归附了陈氏。陈氏用大量器借粮给百姓，收回时用小量器；山上的木材运到市场上，不比山上贵；鱼盐蛤蜊等海产品运到城市中，也不比海边的贵。老百姓的收入共有三份，其中两份交给了国君，百姓自己只留下一份供应全家吃穿。国君聚敛的财物已腐朽生虫，百姓中就连三老们也在冻馁之中。国家法律严酷，百姓被砍掉脚的很多，导致市场上的鞋子便宜，假腿倒是很贵。百姓有什么痛苦疾病，陈氏就去安抚他们，百姓爱戴陈氏就像父母一样，归附陈氏就像流水一样，他们怎么可能不获得民心呢？"之后叔向也对晏婴说晋国到了末世，因为现在晋国"民闻公命，如逃寇仇""政在家门，民无所依"。晏婴和叔向都是当时著名的政治家，他们清醒地预见到了一百多年后自己国家的覆灭（齐国是"田氏代齐"，晋国是"三家分晋"），但他们无能为力。

《晏子春秋》共 8 篇 215 章，相传是晏婴所作，实际应该是晏婴去世之后，齐国人民怀念晏婴，于是在相关史实和民间传说的基础上写成此书。这部书以晏子作为描写对象，塑造了一位敢于进谏、爱护人民、机智诙谐的杰出政治人物，堪称中国第一部专人小说集。脍炙人口的故事《晏子使楚》就出自此书。

司马迁对晏婴非常佩服，他在《管晏列传》最后说："如果晏子还活着，那我即使拿着鞭子给他赶马车，也是很高兴、很向往的！"

2. 脱粟布被

汉相公孙弘辅佐汉武帝

公孙弘，今山东寿光人。公孙弘在汉武帝时身为一国之相，爵封平津侯，却盖着布被，吃着糙米饭，俸禄用来供给故交与门客，家中没有余钱，确实是廉吏的典范。

公元前 130 年，汉武帝征召贤良、文学士，公孙弘在对策中充分展现了自己的治国智慧。他在分析了古今政治不同之后，提出了八条治国措施，分别是：要根据才能任命官职；不听没用的意见；不制造没有用处的器具；不耽误百姓的农事季节，不妨害百姓生产；有德行的人做官，无德行的人免官；有功劳的人升官，无功劳的人降职；惩罚要符合罪行；赏赐要符合才能。除此之外，公孙弘还提出了"仁义礼术"四大治国方针，指出它们是继承祖先功业并流传百世的根本。当时参加对策的有一百多人，汉武帝认为公孙弘是第一名。于是召他入宫，拜为博士，在金马门侍应召对。

公孙弘很会顺应皇帝的心意。上奏事情，皇帝不同意的，他不会在朝廷上争辩，而是在皇帝空闲时，再去见皇帝，并且和好朋友汲黯一起去。汲黯先提出问题，公孙弘跟在后面观察皇帝的喜怒再说话。因此，皇帝很喜欢公孙弘，他说的话皇帝都听从，于是公孙弘就跟皇帝越来越亲近，他的官职也越来越高。有一次，公孙弘和公卿商议好了相关事情，到了皇帝面前，他却违背原先的约定，顺从了皇帝的旨意。汲黯立刻在朝廷上责问公孙弘说："齐国人大多数狡诈不老实，开始是你与我们一同提出这个建议的，现在你违背了，这是不忠诚。"公孙弘马上对皇帝谢罪说："了解我的人认为我忠诚，不了解我的人认为我不忠诚。"皇帝同意公孙弘的观点。以后大臣们仍然经常诋毁公孙弘，但皇帝更加信任他了。

其实公孙弘本来不是这样察言观色的人，只是在对君王不辨是非、反复无常的品性有了深刻了解之后，为了自保，他不得不这样。早在公元前140年，汉武帝刚继位，公孙弘因为不符合朝廷心意，被认为没有才能而免职回家。第二次回朝为官后，公孙弘就改变了进谏方式。每次朝会商议，他都只陈述缘由，让君主自己抉择，不肯当着君主的面在朝廷上争辩。皇帝反而认为他谨慎敦厚，对他越来越好。公孙弘自此平步青云，不仅扶摇直上当丞相，还成为第一位官至丞相而封侯的人——在公孙弘之前，都是有侯爵之位者当丞相。

《史记》与《汉书》中都记载公孙弘"性意忌，外宽内深"。曾与他有矛盾的人，无论关系远近，公孙弘表面上与他们友善，后来却都一一报复。例如杀主父偃，调遣董仲舒到胶西，都是公孙弘的主张。

公孙弘著有《公孙弘》十篇，《汉书·艺文志》有著录，已亡佚。他八十岁时在丞相职位上去世。

3. 扪虱而谈

前秦丞相王猛统一北方

王猛，今山东寿光人。王猛是十六国时期前秦名相，辅佐苻坚二十年，帮助苻坚统一北方，多谋善断，忠诚职守，是出色的军事家、政治家。

公元354年，东晋大将桓温率军攻打前秦，攻入函谷关。王猛穿着粗布短衣去拜访这位一代枭雄时，竟然旁若无人地一边捉着虱子一边高谈当世之事。桓温认为王猛不简单，便问道："我奉行天子之命，率领精兵十万讨伐叛逆,替百姓除掉残贼,而三秦豪杰竟没有一个人到我这儿来，这是什么原因？"王猛回答说："您不远千里深入敌寇，现在长安近在咫尺，而您却不渡灞水，百姓看不出您的真心，所以不来。"桓温撤军时赏赐王猛高官车马，请他一起南下，王猛拒绝了。像诸葛亮等待刘备，终于，他等到了苻坚。

公元 357 年，苻坚在王猛的帮助下即位。当时前秦社会非常混乱，始平郡（今陕西咸阳、宝鸡一带）豪强大族横行无忌，打家劫舍的强盗到处皆是，苻坚就任命王猛为始平县令。王猛下车伊始，明法严刑，清察善恶，约束豪强。有一次，王猛鞭杀了一个小吏，百姓上书控告他。主管部门把情况奏禀给苻坚，并把王猛关进牢狱。苻坚对他说："为政要把德化放在首位，你到任不久就杀戮许多人，为什么这么残暴？"王猛说："我听说治安定之国用礼教，治乱邦就得用法。"苻坚认可王猛的做法，不仅释放了他，还一年之内五次提拔他。当他升为尚书左仆射、辅国将军、司隶校尉、加官骑都尉、居中宿卫时，仅三十六岁。后来他被任命为丞相、中书监、尚书令、太子太傅、司隶校尉，并且监督中外诸军事。苻坚在王猛的辅佐下，不久就统一了中国北方。

王猛性情刚强明快，清廉严肃，办事雷厉风行。有一个人叫麻思，客居潼关以西，因为母亲去世要回家办理丧事，请求返回冀州。他的话刚说完，王猛就说："你现在就可以马上准备行装上路，今晚守关官吏就能给你放行。"等到麻思出关时，沿途郡县都已受符予以办理。王猛在位期间为政公平，流放尸位素餐之人，起用当用未用之人，提拔德才兼备之人。向外整治武备，向内崇尚儒学，勉励百姓务农务桑，教化百姓礼义廉耻，没有罪的不处刑罚，无能的不给官做。各种事功全部兴盛起来。于是，国富兵强，歌舞升平。

后来王猛卧病不起，但依然上表陈说时政。病危时，苻坚去看望他，王猛说："晋国虽然偏居旧时吴越之地，却是中国的正统相承。亲仁善邻，是一个国家最重要的事情。我死以后，希望别把晋国作为攻取的对象。鲜卑人、羌人，这才是我们的仇敌，终究是个祸患，应当逐渐把他们除掉，以利国家。"话说完就去世了，年仅五十一岁。

王猛去世时，苻坚哭得极其悲痛。但他最终没有听从王猛遗言，率军攻打东晋，在淝水之战中一败涂地，前秦也因此灭亡。

4. 连中三元

北宋丞相王曾

王曾是北宋青州益都（今青州市郑母镇）人，宋仁宗时名相。古代科举考试时，乡试、会试、殿试都考中第一，就是"连中三元"。中国历史上连中三元的人很少，王曾便是其中之一。据说王曾状元及第返回故里时，父老乡亲出郊鼓乐相迎。他不想劳烦乡亲父老，悄悄换了便服，骑着毛驴由便道进入。

王曾秉性耿直，一身正气。宋真宗十分尊重王曾，曾经晚上坐在承明殿召见王曾，两人谈了很长时间。见面之后，宋真宗派内侍告诉王曾："我十分想见你，因此来不及穿朝服，请你不要以为我慢待你。"

真宗逝世后，王曾奉命撰写遗诏，诏中说让刘太后辅立皇太子，"权听断军国大事"。当时宰相丁谓想巴结刘太后，打算把"权"字去掉，王曾说："皇帝年幼，太后执掌朝政，这已经是国运不好的表现。'权'字表示后继有人。况且遗诏内容的修改是有规矩的，宰相您想打乱这规矩吗？"宋仁宗即位，王曾升任礼部尚书。丁谓想让皇帝只在每月初一日和十五日接见大臣，大事则由太后召见辅臣断定，不是大事可由大太监雷允恭下达。王曾反对说："两宫不在一处，但大权归宦官执掌，这是祸害的征兆。"丁谓不听。不久雷允恭犯罪被杀，丁谓也由此获罪。

大臣曹利用看到王曾地位在自己之上，很不高兴。后来曹利用犯了罪，太后很生气，王曾却为曹利用求情。太后说："你曾经说曹利用很强横，现在怎么为他说情呢？"王曾说："曹利用平时依仗着皇帝的恩宠，就有些强横，所以我要用道理折损他的骄横。现在加给他这么大的罪名，我就不知道为什么了。"太后的怒意稍微减轻了一些，最终从轻发落了曹利用。

作为宰相，王曾举荐过不少士人，只是别人不知道。有一次王曾推荐苏惟甫，却一直未下任命书。苏惟甫到汴京后，去王曾家问自己的官职何时任命，王曾避而不谈。但当苏惟甫回到住所时，王曾签发的任命书早已到家。苏惟甫在王家问时，王曾遵守公事公办的原则，就没告诉他。所以王曾举荐和贬斥士人，是没有人知道的。范仲淹就因此误解了王曾，他对王曾说："公开选拔有才德之人，是宰相的职责。您有大德，只是缺少这一点。"王曾回答说："那些执掌国政的人，如果要让恩德归于自己，那么怨恨归于谁呢？"范仲淹对王曾的回答非常佩服。

吕夷简是王曾极力推荐之人，他后来独断专行，收受贿赂，王曾请求仁宗罢免吕夷简。仁宗反问王曾："你难道没有不足之处吗？"于是王曾说自己也有过错，与吕夷简一起被罢官。

公元1038年，王曾去世，终年六十一岁。宋仁宗以篆书为王曾在碑额上写了"旌贤之碑"，这是宋朝皇帝为大臣撰写碑额的第一例。按照宋朝制度，每位帝王去世之后，要议定两至三名大臣"配享"，也就是陪着先皇帝享受后人祭祀。而宋仁宗的配享大臣以王曾为第一。

5."南交草木，亦知公名"

黄福交趾多善政

黄福是昌邑人，为官五十年，历任太祖、惠帝、成祖、仁宗、宣宗、英宗六朝，是一位在多方面做出贡献的卓越政治家。他最大的贡献，是在安南为官十几年的政绩。

安南古称交趾，汉武帝时设立了十三刺史部，其中一个就是交趾，辖境相当于今广东、广西的大部和越南的北部、中部。公元1407年，明成祖败安南黎氏父子，改安南为交趾，纳入明王朝版图，设置府县。黄福以尚书身份兼掌布政司、按察司二司事，全权处理交趾行政事务。战火刚刚平息，事务繁重，黄福根据需要制定相宜的政策。除了减轻赋税，鼓励贸易，黄福还编排民籍，设置百官，兴办学校，普及文化，为当地的经济、文化发展做出了很大贡献。黄福多次召集父老宣布晓谕皇帝的恩德和旨意，告诫下属官吏切勿苛求骚扰百姓。

当时因小事被贬谪到交趾的人有很多，黄福从中选择贤能的人帮他做事。对于害群之马，黄福也不予姑息。镇守交趾的宦官马骐凭恃恩宠欺辱百姓，黄福多次批评抑止他，马骐反而诬告黄福怀有二心。皇帝信任黄福，没有过问。明仁宗登位，黄福被召回京师，兼任詹事，辅导太子。黄福在交趾共十九年，他离开时，当地人民扶老携幼奔走相送，呼号哭泣不忍离别。黄福回京后，交趾贼寇作乱加剧，始终不能平定。

公元1426年，马骐激起交趾再次叛乱。陈洽以兵部尚书代替黄福，多次上书恳请皇帝让黄福回交趾。当时黄福在南京任职，皇帝召他到北京，下诏说："你爱护交趾人时间很久，交趾人思念你，你为我再次到交趾去吧。"黄福来到交趾后，在交趾平叛的大将柳升战败而死，黄福只好逃回。逃到鸡陵关时被叛军抓获，想自杀。叛军看到黄福，围在他的周围下拜哭泣，说："您是我们交趾百姓的父母，如果您不离开，我们也不会叛乱。"越南后黎朝开国君主黎利听到后说："中国派遣官吏治理交趾，假如人人都像黄尚书那样，我还用得着造反吗？"派人飞驰前去保护黄福，馈赠他白银、干粮，用轿子送他出行。黄福抵达龙州，将收到的馈赠物品全部送到官府。

黄福容貌仪表修长整洁，不轻易说笑。先后事奉六朝，多有倡议。他做官不求显赫的名声，事情不论大小无不谨慎。为国担忧而忘却自家，年老后更是如此。自己的日常供养非常简约，妻子儿女仅仅供给衣食，所得的俸禄用以接待宾客和周济那些缺衣少食的人。当初，明成祖亲手写下大臣十人的名字，让解缙评论他们，只有对黄福的评价没有一点贬义："秉心易直，确有执守。"

兵部侍郎徐琦出使安南回来，黄福跟他在石城门外相见。

有人指着黄福问安南的来使说："你认识这位大人吗？"使者回答说："南交草木，亦知公名，安得不识？"由此可见黄福在安南人心中的地位。

6. "功高上国山河裂，名动藩邦草木知"
明代援朝抗倭名将邢玠

邢玠是山东青州人，明朝后期名将。隆庆五年（1571）考中进士，为官四十年，谋略过人，主持边境工作二十余年，名扬海内外，时人称赞他："功高上国山河裂，名动藩邦草木知。"

播州在四川南部，和贵州相邻，地形复杂，播州宣慰司是该地负责人，归杨氏家族世袭。隆庆五年，杨应龙世袭土司，他生性猜疑、阴狠嗜杀。他企图占据四川，不把朝廷放在眼中，万历皇帝命邢玠以兵部左侍郎兼右佥都御史总督川贵，拥有调度云、贵、川三省兵马、钱粮的权力。邢玠认为调用三省兵马会扰民，为了不增加朝廷负担，他打算"不战而屈人之兵"。邢玠一面竭力铲除杨应龙同党，对杨应龙晓以大义，劝其服罪；一面督促云、川、贵三省军队备齐军粮，随时准备剿杀杨应龙。杨应龙只好俯首称臣，邢玠准其长子杨朝栋承接宣慰使之职，暂时稳住杨应龙，但将其次子杨可栋押往重庆做人质，意在督促杨应龙听命。播州大局已定，邢玠奉旨回京交差。当时邢玠已经五十六岁，由于常年征战在外，积劳成疾，因此上书朝廷，告病回乡。

日本丰臣秀吉统一日本后，以朝鲜拒绝攻明为由侵入朝鲜。

朝鲜国王向宗主国明朝求援，明朝派军抗倭援朝，但连连败退。于是万历皇帝不允许邢玠告病回乡，命他为帅，赴朝抗倭。

万历二十六年（1598）正月，邢玠招募江南水兵，商议海运，作持久之计。二月，都督陈璘率领广兵，刘𬘩率领川兵，邓子龙率领浙、直兵先后到达。邢玠分兵三个集团，分水陆四路，每路设置大将。中路是如梅，束路是麻贵，西路是刘𬘩，水路是陈璘，各自把守防御之地，见机进行剿杀。九月，将士分路进兵，大举反攻。这时丰臣秀吉病死，日军在朝鲜半岛战场上也节节失利，侵朝日军已丧失斗志，欲撤军返国。邢玠敏锐地察觉到此时正是对日军进行最后一击、将其赶出朝鲜的关键时机，于是全线展开攻势，并取得了一连串胜利。万历二十六年底，邢玠率领明军将日本侵略军彻底赶出了朝鲜半岛。历时七年的朝鲜战争终于以中朝人民的胜利而宣告结束。

日军退出朝鲜，朝廷内部对如何处理朝鲜善后问题发生争议。绝大多数官员认为明朝已兵疲饷竭，应全部撤回国内。但邢玠为防日军卷土重来，力主暂时留部分军队于朝鲜，协助朝鲜增强防务，并对朝鲜战后之事作了细致通盘考虑，提出十条建议。明政府基本上采纳了邢玠的建议，派出原驻山东沿海的总兵李承勋率万余军队驻防朝鲜，直到万历二十九年才撤回。在明军全部撤回、邢玠作为蓟辽总督即将完成在朝鲜的使命时，他又与巡抚万世德联名向明朝廷提出安定朝鲜半岛的建议，可谓尽职尽责，善始善终。

鉴于邢玠在朝鲜战争中的杰出贡献，明政府授予他太子太保头衔，并升俸一级。朝鲜则为他在釜山立生祠像。然而邢玠居功不傲，无心官场，朝鲜战争结束不久便辞职还乡，万历四十年（1612）亡于故里，享年七十二岁。

7. 安丘刘阁老

清初名臣刘正宗

刘正宗，字可宗，号宪石，出身安丘城里书香门第。他的大哥刘正衡在崇祯四年中进士，官至广东按察司副使。二哥刘正鉴爱好诗词，著有《存怀诗集》等诗稿。刘正宗年少时勤奋好学，苦读经史子集，三十三岁乡试中举人，三十四岁登进士第，同年被授予真定府推官。这是他步入仕途的开始。此后，刘正宗相继担任翰林院编修、东宫讲读官、侍讲、礼部会试副主考官职。1644 年，即清顺治元年，为了躲避战乱，刘正宗携家眷南下至金陵。第二年，清兵攻破金陵，刘正宗便与家人一起回到了家乡。

清朝定都北京后，当时的贵族不熟悉汉族的语言文化，统治关内有困难，于是大量启用明朝旧臣。在山东巡抚李之奇的推荐下，刘正宗到翰林院担任编修，入仕清廷。在此后的十几年里，刘正宗不断高升，平步青云。顺治十四年，被任命为吏部侍郎。当时吏部尚书缺员，皇帝认为刘正宗清正耿介，可以担任这一官职，于是加他太子太保，官吏部尚书。顺治十五年，刘正宗被封为文华殿大学士。

顺治帝曾在诏书中表示，刘正宗清廉自持，刚正不阿，可以委以重任。刘正宗对朝政的建议时常被采纳，他的诗词歌赋也被顺治帝赏识。刘正宗博学多识，遍览群书，擅长写律诗，五言古诗也写得很精妙。他崇尚唐人的诗作，诗文中对百姓生活的关注也较多。他的书法清秀精妙。顺治帝获得名贵书画后，总是让刘正宗来鉴别评定，然后才让御府收藏。御府图书的题跋，也多出自刘正宗之手。这期间，刘正宗不仅是朝廷的重臣，还是顺治帝的文墨挚友。

清朝初年，朝廷的汉籍官员有"南北党争"之说，刘正宗作为北党的领袖人物，不可避免地陷入政治斗争的漩涡。顺治后期，朝廷宗派斗争加剧，刘正宗的官位权势让不少人既羡慕又嫉妒。加上刘正宗平时不喜欢交往，很多人表面上不敢轻举妄动，暗地里却悄悄搜寻刘正宗的把柄。御史杨义指责刘正宗推举官员超出了次序，刘正宗与他争辩，二人吵得不可开交。许多官员也纷纷上疏弹劾刘正宗，刘正宗自请辞去官职，没有被允许。顺治帝批评刘正宗气量狭隘，终日写诗作文，朝廷议会也总自以为是。顺治帝这时痴迷于佛学，刘正宗多次劝谏，顺治帝对刘正宗更加不满。

顺治十七年，皇帝当众宣读了弹劾刘正宗的奏疏，想让刘正宗认错，以图和解。不料刘正宗非但不承认错误，还极力争辩。顺治大怒，当众罢免了刘正宗的官职，交给司法官吏处理。最后刘正宗虽然免于死罪，却被抄没了半数家产，而且不允许回到原籍。直到去世七十五年后，乾隆登基，昭雪清朝初年的冤假错案，认为他清廉正直，政绩卓著，罢官是因为朝廷内的斗争，这才给刘正宗平反。

刘正宗曾官至文华殿大学士，在安丘民间被称为"刘阁老"，留下了很多传说。

8. 三辞相国

冯溥辅佐康熙

康熙十二年（1673），这时的文华殿大学士冯溥已经六十四岁了，他向康熙辞官，要求回乡养老，康熙说："你才六十四岁，还没有衰老呢，等到七十岁再说辞官归隐的事情吧！"冯溥七十岁时再次请辞，康熙依旧劝慰挽留。于是冯溥又被康熙留在朝廷中，七十四岁时才致仕归乡。

冯溥是青州益都人，作为大臣，他经常向康熙上书，深得康熙器重。

康熙刚登基的时候，阿斯哈、泰必图提议每省派遣两个大臣监督总督和巡抚，冯溥反对道："国家既然设置了总督和巡抚两个官位，把他们看作重要的臣子，现在又认为他们不可信，还要派遣大臣监察他们，一定会产生争吵，使下属官吏产生仇隙。"泰必图一听便暴怒而起，冯溥却不疾不徐地说："这是聚会议论，难道不让我有其他论点吗？何况可行与否是由皇帝决定的，我们怎么敢独断专行？"于是上书给康熙，康熙认同冯溥的说法。

康熙八年（1669），冯溥提出实施刑罚时不要株连与案件无关的人，他说："一个案件便牵连几个甚至几十个人，犯人还没有被审理定罪，被牵连杀死的人却数不胜数。"他还提出推迟收税时间："百姓的钱财都是从田亩里取得的，现在正月已经开始征税，过往的赋税刚刚缴清，今年的田地还没有耕种，需要缴纳的钱财和粮食应该从哪里来？"

冯溥不仅仅在管理政事上有着出色的能力，在推举贤才方面也不遗余力。

冯溥天资聪慧，八岁就能读懂《左传》以及许多古书，年纪稍长后便博览群书，崇祯十二年（1639）中举。在京任职期间建立万柳堂并对外开放，与同僚们觞咏作诗，他的才华和对才子的重视吸引了众多京师文人，万柳堂以此成为文人骚客游乐吟诵的雅集地点，仅为其《佳山堂集》作序者就多达二十二人。冯溥还指出选拔人才应当重视真才实学的考察，多次任会试考官，为朝廷选拔了很多人才。

偶园（米宏伟摄）

康熙十分信任冯溥，但冯溥并未恃宠而骄。据说冯溥在京任职时曾写过一封家信："千里捎信为一墙，各让几尺又何妨？万里长城今犹在，不见当年秦始皇。"当时的名门望族冯、房两府毗邻，两家因为占地问题争执不下，都想多占一点地方，谁也不肯让步。这时的冯溥在朝任刑部尚书，权势显赫，冯家快马加鞭去京城告知冯溥，希望冯溥出头，给房家一点颜色瞧瞧，没想到冯溥却只写下了这首诗寄回家中。冯家赶紧根据冯溥的指令退后几尺垒墙，主动让出了空间，房家见此也主动退让几尺。两府之间竟然留出了一条可供行人穿越的小巷，就此命名为"夥巷街"。

冯溥退休返乡时，康熙帝让他游览西苑，亲自写诗送他，并送给他"适志东山"的篆章。之后派遣官员护送他返乡，命令沿途官员接送。冯溥回到青州后，居住在偶园。偶园被青州人称为"冯家花园"，至今犹在。

9. 真宰相和浓墨宰相
刘统勋刘墉父子相国

乾隆三十八年，夜漏漏尽，大学士刘统勋坐轿赴紫禁城早朝。行至东华门外，随从人员发现刘统勋已经双目紧闭。乾隆听说后赶忙派御前大臣福隆安携药赶往救治，但刘统勋已经故去。乾隆皇帝亲往吊唁，到刘统勋家时发现门楣窄小、家具简朴，为之感动。返回宫时，尚未进乾清门，乾隆忍不住落泪，对大臣们说："我失去了一位股肱大臣，"继而又说，"刘统勋不愧是真宰相。"

被乾隆帝称为"真宰相"的刘统勋，是山东诸城逄哥庄（今属高密）人。刘统勋的祖父刘必显是进士出身，刘必显的儿子刘果、刘棨也都是进士，其中刘棨是刘统勋的父亲；刘统勋也是进士，官至首席军机大臣、东阁大学士，是清朝中期名臣；刘统勋的儿孙辈也有多位显宦。

乾隆二十一年，黄河泛滥，百姓民不聊生。在水灾结束之后，刘统勋奉命监察，可他到杨桥一看，发现堤坝建筑工程进展缓慢。刘统勋询问修筑的官吏为何不抓紧修筑？官吏回答说建筑用的干草不够。刘统勋察觉其中有问题，于是微服私访。他遇见满载着干草的大小车数百辆，还听见哭泣的声音，便上前询问。哭泣的人就是这些干草的主人，他对刘统勋说明了原因。原来是官府索要贿赂没有成功，导致干草被搁置，没有利用在堤坝的修筑上，致使工程进度受到阻碍。刘统勋当即下令抓捕当事官员，数落他们的罪行，称要处斩，后因巡抚等人的求情才免除一死。结果，干草一晚上就全收上来了。在刘统勋的监督之下，堤坝在一个月内建成。

刘统勋官至大学士，他的儿子刘墉也是大学士。

刘墉，字崇如，号石庵。乾隆十六年（1751）考中进士，自编修再迁侍讲。乾隆二十年，因为刘统勋获罪，刘墉也被夺官下狱。事过之后，陆续当过安徽学政、山西太原知府、陕西按察使、吏部侍郎、湖南巡抚、工部尚书、上书房总师傅、直隶总督等职。嘉庆二年（1797），授体仁阁大学士。嘉庆九年（1804）卒，年八十五岁。刘墉的书法很好，是清朝著名书法家。他写的字墨浓字肥，浑厚端庄，雄厚劲遒，因而被称为"浓墨宰相"。

刘墉在国泰案中充分表现出他的胆略和断案才能。乾隆四十七年，监察御史钱沣弹劾山东巡抚国泰、布政使于易简吏治废弛，贪得无厌，各州县库都亏缺。乾隆诏名大学士和珅、左都御史刘墉跟钱沣一起去查办。和珅包庇国泰，刘墉、钱沣克服种种困难，最终完全查明国泰的罪状，即使和珅也不能保护他。

东武刘氏家族，五代进士、父子宰相，康熙帝为之题写"清爱堂", 乾隆帝为之题写"天香深处", 这样的家族, 是当之无愧的"海岱高门第"。

(二) 文化名人

1. 天雨粟, 鬼夜哭

仓颉造字

相传仓颉是中华民族文字的创制者。文字的创制, 标志着一个民族文明的开端。《初学记》卷二十一记载: "《易》曰: '上古结绳以治, 后世圣人易之以书契。'"结绳而治是原始社会的标志之一, "易之以书契"就是创制文字, 这是人类进入文明社会的标志。《初学记》同时记载仓颉是创制文字的始祖: "仓颉造文字, 然后书契始作, 则其始也。"

《淮南子·本经训》记载: "昔者仓颉作书, 而天雨粟, 鬼夜哭。"就是说当仓颉创制出来文字时, 天空中落下了粟米, 鬼神在夜间哭泣, 可见文字的成功创制是惊天地、泣鬼神的大事, 具有划时代意义。

文字的创制应该不是一个人的功绩, 《荀子·解蔽》中说: "好书者众矣, 而仓颉独传者, 壹也。"可知在荀子看来, "好书者"不止仓颉一人, 但世人认为只有仓颉, 这是因为仓颉专心于创制文字, 功绩最大。西晋卫恒在《四体书势》中说: "昔在黄帝，创制造物。有沮诵、仓颉者，始作书契以代结绳，盖睹鸟迹以兴思也。"则当时创制文字的还有沮诵。

"文字"中的"文"和"字"是有区别的。许慎《说文解字叙》中说："黄帝之史仓颉，见鸟兽蹄远之迹，知分理之可相别异也，初造书契。""仓颉之初作书，盖依类象形，故谓之文；其后形声相益，即谓之字。"可知仓颉是黄帝的史官。他造字的方法，首先是"依类象形"，也就是按照万物的形象创造了象形文字，这样的文字被称为"文"，一般是独体字；之后在象形字的基础上"形声相益"，按照这种方法创造出来的文字就是"字"，一般是合体字。这里的"文"意思跟"纹"相同，这是因为这些文字是按照万物的形状描绘出来的；这里的"字"意思是"孳"，也就是滋生，意为这些字是由"文"互相结合滋生出来的新字。

《论衡·骨相篇》说"仓颉四目"，也就是仓颉长着四只眼睛。这应该是民间传说。一般人认为，那些非凡的人物应该有非凡的长相，仓颉是创制文字的圣人，他有不同于常人的观察力，所以他应该有四只眼睛。《春秋元命苞》对仓颉的记载更详细一些，说他"龙颜侈侈，四目灵光，实有睿德，生而能书"，于是"穷天地之变，仰观奎星圆曲之势，俯察龟文鸟羽山川，指掌而

仓颉汉字艺术馆（潍坊市委宣传部供图）

创文字"；文字创制成功后，"天为雨粟，鬼为夜哭，龙乃潜藏"。这是把仓颉的各种传说结合到一起了。

仓颉墓遗址在今潍坊寿光市境内。早在元代，于钦《齐乘》卷五就有仓颉（《齐乘》中为"苍颉"）台、仓颉墓的记载。于钦说仓颉台应该在"寿光西北，洱水所经"，而《水经注》认为这里是"孔子问经石室"，这样是不对的，因为《通志》记载，《仓颉石室记》二十八字，在仓颉北海墓中，当地人称之为藏书室；在周代时没有人能认识这些字，到了秦朝，李斯认出来了其中的八个字，就是"上天作命，皇辟迭王"；到了汉代，叔孙通认出了其中的十三个字。不过寿光民间有"仓颉造字圣人猜"的传说，说孔子曾造访仓颉台，并辨识过这些字。为了纪念仓颉，今天在寿光市洛城街道屯田西村建造了仓颉汉字艺术馆。

仓颉创制了汉字，这让他成为中华文化的主要创始者。今天每一位使用汉字的人，都应该缅怀他的功绩。

2. 囊括大典，网络众家

经神郑玄

东汉末年，黄巾军蜂拥而起，攻城略地，打败官军，杀死官吏，人心惶惶。这时郑玄也来到徐州避难，他的《孝经》注就是在徐州写成的。建安元年（196），年迈的郑玄要返回家乡高密。行走在路上时，遇到了黄巾军数万人，随从人员大惊失色。但黄巾军知道他们遇上的是郑玄之后，数万人同时下拜。

他们听说郑玄要回高密老家，就相约不要进入高密县境，以免惊扰了郑玄。于是高密全县就因为郑玄而免了兵燹之苦。

郑玄能够得到黄巾军的礼遇，是因为他渊博的学识、高尚的品德闻名天下，使得黄巾军也不得不尊敬他。

郑玄是西汉尚书仆射郑崇的八世孙，到了郑玄出生的时候，家境已经败落。但郑玄不慕虚荣，酷爱学习。他十一二岁时，跟着母亲到姥姥家，当时参加宴会的有十多人，都穿着精美的衣服，戴着名贵的饰品，高谈阔论，只有郑玄默默地坐在一边，好像不如他们。母亲私下里多次让郑玄参加他们的讨论，郑玄却说："这不是我的志向，我不愿意做这些事。"郑玄年轻时当着乡啬夫这样的小吏，但他经常到学官那里求学，不乐意当小吏。他父亲很生气，却不能禁止他学习。后来郑玄到太学跟随第五元先、张恭祖等名师学习，不仅精通了五经，而且精通了历法、算术。在他觉得关东已经没有人可以当他的老师后，他就入关，在卢植的介绍下跟随马融学习。

马融是大儒，门徒众多，马融让他的得意弟子给郑玄授课，这使得郑玄三年没有见到马融。但郑玄白天晚上都努力学习，毫不懈怠。机会终于来了，有一次马融汇集了他的高徒一起研究图纬，听说郑玄擅长计算，就召郑玄到楼上一起研讨，郑玄就借这个机会向马融请教。郑玄学成后辞归，马融对他的门人们说："郑玄离开我，我的学说就传到东方去了。"

郑玄游学十多年后才回到家乡。因为家中贫困，他就到东莱耕读、授徒，当时跟随他学习的学生已经上千人。后来遇上党锢之乱，郑玄被禁锢在家。他杜门不出，专心于经学。何休是持守《公羊》学的大学者，当时人称何休为"经海"，称郑玄为"经神"。何休写了《公羊墨守》《左氏膏肓》《谷梁废疾》三种著作，郑玄就针锋相对地写了《发墨守》《针膏肓》《起废疾》来反驳何休。何休哀叹说："郑玄到我家里来，用我的矛来攻击我！"

郑玄的主要成就是遍注群经，一统经学。经学是中国传统文化的根基和核心，经学分为今文经学和古文经学。在郑玄之前，各家经说众说纷纭；在郑玄之后，盛行的基本就是郑玄的郑学了。今天流行的十三经注疏中，三《礼》和《毛诗》的注释，都是郑玄写的。

《世说新语》中记载了一个小故事，说郑玄家里的奴婢都熟读经书。有一次，一个婢女犯了错，对郑玄申辩，让郑玄很生气，就让她跪在地上。一会儿另一个婢女过来，问她："胡为乎泥中（你怎么跪在泥中呢）？"这个婢女回答说："薄言往诉，逢彼之怒（我对他诉说，他生气了）。"两人的对答用的都是《诗经》中的诗句，都符合各自的处境。这个故事可能只是传说，但从这个故事中，可知郑玄家里有非常浓厚的学术氛围。

3. 资生之业，靡不毕书
贾思勰撰《齐民要术》

大约一千五百年前，一位老人在向大家耐心全面地讲解养羊技术：

选择母羊，要选腊月、正月生的羊羔。十只母羊中要配备两只公羊。

放羊的人必须是性情平和的老年人，因为他能按时起居，能够恰当地调养羊群。

羊喝水的地方要远一些，两天喝一次水就可以了。羊圈尽量近一些，跟人的住处要连靠在一起。

如果养一千只羊，就要在三四月的时候种大豆一顷，不要锄里面的青草；八九月的时候，把大豆和青草一起收割，制作成青茭。青茭晒干之后，堆放在干燥的高处，高一丈也可以。用桑木做两个圆的栅栏，围住青茭，让羊绕着栅栏自己吃青茭，白天晚上可以不住口地吃。这样冬天过后，羊就养肥了。如果不做栅栏，即使有一千车青茭，让十只羊来吃，也吃不饱，因为羊会把草践踏在脚下，吃不到嘴里。

如果没有青茭，从冬天到正月，母羊就会瘦死，小羊羔也会饿死。这样不仅不能多生养，反而可能让羊灭群断种。

之后这位老人用自身的惨痛经历现身说法："我以前家里养了两百只羊，因为准备的青茭太少了，饲料不够，一年之中，羊死了一多半；那些活下来的，或者生病或者瘦弱，羊毛很短，没有光泽。"

这位给大家讲解如何养羊的老人，并不是一位简单的老农，他官至高阳太守。他就是被称为"农圣"的贾思勰，他撰写的

《齐民要术》是中国第一部综合性农学著作，也是世界农学史上的巨著。

贾思勰是山东寿光人，跟北魏两位大臣青州大中正贾思伯、侍中贾思同是同族兄弟。贾思勰大约生于北魏孝文帝延兴三年（473）。他的青年时代，正值北魏孝文帝实行改革的"太和盛世"，而中年和晚年则处于北魏由兴盛走向衰败、由统一走向分裂、由稳定走向动荡的时代。他的卒年可能是东魏武定年间（543—550），也有可能是北齐时代，享年七十岁以上。

魏晋南北朝时期是门阀制度，贾思勰出任高阳太守当与他的家庭有密切关系，而这种身份又为他的广泛交游提供了便利。贾思勰一生行迹甚广，根据《齐民要术》所述，除他的原籍青州、任职地高阳郡以外，他还到过今山东、河南、河北、山西等省的很多地方。

《齐民要术》是一部规模宏大、内容丰富多彩的农学名著。全书共十卷九十二篇。正文大约七万字，注释约四万字，共十一万字。纵览全书，所涉及的内容非常广泛，包括农、林、牧、副、渔各个方面，大大超过了先秦两汉农书的规模。举凡农家的生产和生活，几乎无一漏缺，真可谓包罗万象，详细备至。正如《齐民要术序》所说："起自农耕，终于醯醢，资生之业，靡不毕书。"此书不仅对当时的农业生产发展有重要指导意义，对后来的农业科学发展也有深刻影响。

《齐民要术》不仅是我国，也是世界上现存最早、最完整、最全面、最系统的一部农业科学知识集成。它最能反映我国魏晋南北朝时期农业耕作的水平，是我国农业遗产宝库中的一颗璀璨明珠。

4. 画家百世师
李成画作高妙入神

岳飞《满江红》词句"靖康耻"的主角宋徽宗，虽然当皇帝不行，最终亡国被掳，但他很有文艺天赋，他高超的鉴赏力更是世所公认。由他主持编写的《宣和画谱》评鉴了当时宫廷所藏历代绘画作品及其作者二百三十一人，其中对李成评价极高，说人们只要提到山水画，都以李成为第一，大家甚至不称呼他的名字，而尊之为"李营丘"。

李成（919—967），字咸熙，其祖辈是唐朝的皇族，五代时为躲避战乱，定居于北海营丘（今山东昌乐），于是成为营丘人。李成的祖、父都以儒学吏事而闻名，李成也以儒为业。他擅长写文章，气度不凡，光明磊落，志向高远。因为没有机遇当官，于是放纵于诗酒，并将自己的兴致寄托在绘画中。他画技精妙，但不是为了画得好，只是让自己在画画中得到快乐。他画的山水竹林、湖泊沼泽，萦回曲折；飞流的瀑布、岌岌可危的栈台和断桥、绝涧、水石、风雨，以及明暗、烟云、雪雾的状态，全都是吐露自胸中而写之于笔下。他的画，就像孟郊用诗歌来表达感情，像张旭用草书表达癫狂，如果不这样做，就不舒服。而他的画技也由此大进，被公认为第一。

有一位知名人士孙氏，听说李成画画很有名气，于是写信邀请李成。李成看到信，气愤地哀叹说："自古以来士农工商不相杂处，我本儒生，虽游心于画画，但只是为了宽心而已，哪能被人招致到家，研制吮舐丹粉，跟那些画工闲人同列呢？这就是戴逵砸碎古琴拒绝王公贵戚们的原因了。"他拒绝了使者。孙氏怨恨他，暗地里用重金贿赂在营丘做官的朋友，希望能用骗术得到李成的画。没过多

李成《读碑窠石图》（潍坊市委宣传部供图）

久果然得到了几幅画。后来李成随郡上的官员赴礼部参加考试，孙氏卑谦厚礼再次邀请他。李成不得已，只好来到孙氏馆舍，看见自己的画挂在墙上。李成变了脸色拂衣而去。其后王公贵戚写信送钱求画者一直没有停止过，李成全不理会。李成晚年喜欢游山玩水，最终死在淮阳旅店里。

李成的儿子李觉以经学知名，任职于馆阁。他的孙子李宥也当过天章阁待制和京兆尹，因此出金帛购买李成画的人很多，李成的画就都被他们收藏了。李成死后，他的名气更大，他的画更难得到，所以学李成的画手很多。他们模仿李成画的峰峦泉石，几乎乱真，欺骗了很多人。但模仿之作究竟比不上李成的原作，能被行家辨别出来。

李成真品传世很少，真迹难觅。流传至今被认为是李成真迹的，有日本大阪美术馆藏《读碑窠石图》、美国纳尔逊美术

馆藏《晴峦萧寺图》和辽宁省博物馆藏《茂林远岫图》、台北故宫博物院馆藏《群峰霁雪图》《寒林平野图》等。李成的画既能迎合院体画的谨严法度，又隐含着一些诗画古意，不落俗套，自成一格，备受文人士大夫青睐。

李成的画在当世就受到追捧，除了《宣和画谱》说"凡称山水者，必以成古今第一，至不名而曰'李营丘'焉"，《圣朝名画评》也将李成画列为"神品"。清人高士奇也称赞说："毫端师造化，画史重营丘。"

5. 世推其精密

燕肃制造莲花漏

中国古代没有钟表，用刻漏来计时。漏是指带孔的壶，刻是指附有刻度的浮箭。北宋天圣年间，燕肃制作了一种新的刻漏，名为莲花漏。与以前的刻漏相比，莲花漏的设计更加精妙。它的箭首刻着美丽的莲花纹样，石壶上也有莲花状的构件用来固定箭矢。莲花漏拥有独特的漫流系统，可以保持水位稳定，避免水流量发生变化而产生计时不准的问题。同时，它还拥有针对二十四节气和每个地区昼长夜短的差异而制成的长短刻度不同的四十八支浮箭。这些独特的构造使得莲花漏不仅造型精美，也大大提高了它的计时精确度。

燕肃（961—1040），字穆之，青州益都人。他被英国著名科学史家李约瑟称为"达·芬奇"式的全科人物——他是科学家，不仅制作了莲花漏，还制作了指南车、记里鼓，研究了潮涨潮落的原理和规律；同时他还是艺术家，是诗人、画家、音乐家；另外他也是名宦，官至京东安抚使、龙图阁直学士、礼部侍郎。

燕肃生性宽厚，为官刚正不阿，受到当地百姓的爱戴。在主持昭文馆工作时，他细心地发现，在州郡中，有关犯斩首罪的案件在申请复审时往往会被司法机关驳回，此时的百姓没有申诉成功，又背上了不应该上奏的罪名。燕肃认为这样下去会产生种种弊端，因此上书，希望州郡也能和京城一样，允许死刑犯的复查要求，司法机关也应对这些提出要求的案件进行再次审核。朝廷采纳了他的建议，下诏允许案情可疑和值得同情的犯人申诉。这样，判死刑的人大大减少。燕肃的这一行为拯救了许多无辜百姓，因此王安石写诗称赞他"奏论谳死误当赦，全活至今何可数"。

燕肃进入官场后，辗转多地做官，曾经到过廉州、广州、惠州等沿海地区。他利用在这些沿海州郡当官的机会，经常实地进行科学观察，使用发明的莲花漏来计算时间。因此他得到了很多有价值的资料和准确的潮候数据。根据这些资料和数据，他总结出一些类似于"钱塘江的'暴涨潮'是由于河床升高而形成"的创造性规律与结论，并将它们进行汇总与整理，写出了《海潮论》，绘制出《海潮图》，帮助人们更加了解海潮知识。他的海潮理论对当时渔业和水陆交通有重要影响。燕肃是当之无愧的海潮专家。

燕肃能诗善画，精通音律。他经常以山水作为绘画题材，意象微远，《春山图》是他的代表作。燕肃也写了好几千首诗，可惜只有《僻居》与《赠惠山庆上人》流传了下来。宋仁宗时，朝廷祭祀时所用的钟磬演奏出来的音不准，他和李照、宋祁一起，按照前代王朴提出的律制，修理钟磬以矫正音准。他们矫正完后用钟磬演奏出来的乐曲更为和谐动听。

燕肃还制作了指南车，其制作方法在《宋史》中有详细记载。

众所周知，中国古代科学技术并不发达，但燕肃的科学成就充分证明中国人民有科学精神和科学才能。

6. 赌书消得泼茶香

赵明诚李清照在青州

李清照和赵明诚，一个才女，一个才子，记忆力都很好。他俩居住在青州归来堂时，饭后烹茶而饮，这时夫妻二人开始比赛——他们指着家里的史书，说某件事记载在某一本书的第几卷、第几页、第几行，谁说对了谁就先喝茶。猜中的人哈哈大笑，以至于茶水倾倒在怀里，反而没有喝到茶。故乡这温馨、美好的记忆，不仅令流落到江南的李清照经常怀念，发出"甘心老是乡矣"的感叹，也令后世的纳兰性德羡慕不已，写出来了"赌书消得泼茶香"的美妙词句。

赵明诚(1081—1129)，字德甫，今山东诸城人。李清照(1084—1155)，号

青州李清照纪念馆（孙维冰摄）

易安居士，今山东济南人。公元1101年，李清照和赵明诚结婚。两人都出身于书香世家，父亲均为朝廷大官——赵明诚的父亲赵挺之，官至宰相；李清照的父亲李格非，是苏轼的得意弟子，官至礼部员外郎。但因为北宋党争激烈，他们的父亲都卷入其中，赵明诚和李清照受到牵连，只好回到老家。青州的乡居生活，虽然清苦，却是赵明诚、李清照一生中最美好的时光。

赵明诚年轻时就痴迷于金石学，他几乎将所有的用度都花费在了碑文收购上。在赵明诚还是太学生的时候，他经常抵押衣服，用换来的钱到相国寺买碑文。回到家后，夫妻二人面对面坐着展玩碑文，觉得就像远古葛天氏时代的臣民那样快乐。赵明诚步入仕途后，夫妻二人对收集、考订金石器物及铭文愈发专心致志，他们认为其中之乐趣远在"声色犬马之上"。回到青州后，赵明诚依然千方百计搜集金石。后来赵明诚陆续做过莱州和淄州的太守，他竭尽自己的薪俸来从事古文献研究。每当得到一本古书，夫妻二人就一起校勘，整理成集，题上书名。得到书、画、彝、鼎等，也摩挲把玩或摊开来欣赏，指摘上面的毛病，以此为乐。为了金石研究，两人把生活费用压到最低水平，"食去重肉，衣去重采，首无明珠、翡翠之饰，室无涂金、刺绣之具"。因此，他们所收藏的古籍，都能做到纸札精致、字画完整，超过许多收藏家。两人共同完成的《金石录》，以时间为序，著录的器物上起三代，下讫宋初，著录所藏金石拓本两千种，共计三十卷。

在青州的近二十年里，李清照写下了许多脍炙人口的"闺思"佳作，多抒发离别相思之苦，表达对爱情的追求和对美好生活的渴望，词风清丽闲雅。李清照主张词的创作"贵典重、主情致、有故实"，其词作虽多为婉约词，但并非无病呻吟，对自然景物和爱情的歌咏皆为真情实感，且能以寻常语度入音律。

赵明诚和李清照在青州完成的《金石录》是金石学史上的里程碑著作，对史学、考据学、文献整理和金石书法的研究，都具有重要参考价值。而李清照在青州的文学创作也在中国文学史上占有一席之地。两人的青州时光，不仅是他们两人一生中最美好的记忆，也是中国学术史、文学史上的一段佳话。

7. 画史里程碑

张择端创作《清明上河图》

《清明上河图》是张择端所画，生动描绘了北宋末期汴京以及汴河两岸的自然风光和社会繁荣，是中国绘画史上最伟大的画作之一。可能画作完成得比较晚，以致《宣和画谱》中没有收录；但当时的皇帝宋徽宗用他特有的瘦金体在画上题写了"清明上河图"，证明此画在宋徽宗时已经完成。当然徽宗皇帝万万没有想到，这一画作完成不久，汴京就陷落了，画作中的繁华之地化为人间地狱，而他自己跟儿子、皇后、公主、宫女们，也被掳到了北方苦寒之地，受尽屈辱。

张择端，字正道，东武人（今山东诸城人），生卒年不详。他幼年时喜欢读书，长大后到开封游学、画画，并入选宋代官方机构翰林书画院，成为宋徽宗画院中的画师。他本来工于界画，嗜好画舟车、市桥，但最终能够别成一家。当时人们把他的画作视为神品。《清明上河图》中人物的动态造型，房屋、桥梁、船舶的透视，各种物象组合，显示出他高超的艺术水平。

《清明上河图》存本众多，专家们普遍认为北京故宫博物院藏"石渠宝笈三编本"为真迹。

故宫博物院藏《清明上河图》为绢本，水墨淡色。作品横528.7厘米，纵24.8厘米，气势恢宏。这是一幅表现汴梁城市民日常生活风貌的社会风俗画，通过巧妙的构图和对人物的生动刻画，再现了当年汴京的繁华，"恍然入汴京，置身流水游龙间，但少尘土扑面耳"。

我国古代的绘画艺术，就人物画而言，北宋以前，主要是以宗教和上流社会的贵族生活为题材。张择端虽擅长界画，并身为翰林画院待诏，却将视角转向了民间，于是各色人等被张择端巧妙安排在各种生活场景中。

画作的题目《清明上河图》已经揭示了这幅画的主旨，就是以汴梁水运命脉的汴河为中心，再现北宋京城清明时节市民的生活场景。张择端采用了鸟瞰式全景法构图来展现汴梁丰富、广阔的社会生活。从右往左，画面以汴河为中心，分为三个段落，分别是城郊农村景象、汴河两岸的繁忙景象以及汴京市区街景。全图由很多生动的小场景构成了气势恢宏的大场面，结构繁复但中心突出，前后呼应而又张弛有度。画面的疏密、繁简、动静、聚散等关系，处理得恰到好处，达到繁而不杂、多而不乱的效果，使得平卷式全图产生了节奏感。

这幅构图恢宏、意境深远、笔墨精湛的画深受世人喜爱。

因其强大的知名度，也开启了后世模仿的热潮，从宋至清，出现了各种《清明上河图》的仿本。晚明李日华也说："京师杂卖铺，每《上河图》一卷，定价一金，所作大小繁简不同。"

《清明上河图》是一幅具有现实风格的风俗画，既是艺术的，也是真实的，其画面与孟元老《东京梦华录》中的诸多记载非常契合，可以"图文互证"。《清明上河图》已不仅仅是一幅画，而是成为风俗画或市井繁荣的代名词。《清明上河图》对我们今天研究、考察北宋汴京的城市经济乃至北宋的社会生活状况，都是难得的重要形象史料。

8. 最有古法

于钦撰著《齐乘》

延祐六年（1319），于钦任山东东西道肃政廉访司照磨，是一个八品小官。恰逢山东闹饥荒，民不聊生。于钦不忍面对卖儿鬻女的惨状，于是尽己之力将他们赎回。他命令商贩救济济南六县，激励富户出粮救灾，虽然救济了百姓，但也因此得罪了当地权贵，以出粟太多、贩济太广为由被官府责备。于钦虽然气愤郁闷，但并不后悔。

于钦是山东益都人，祖父于祥隐居乡里，教授私塾，不慕名利。父亲于世杰性情高洁，十分重视教育，为了让孩子见多识广，就迁居到南方，让孩子沐浴在礼乐之中，很有"孟母三迁"的影子。受良好家庭教育的影响，于钦年少有名，哪怕是很有学问的老先生们都愿意跟他结交，集贤殿大学士郭贯、浙省平章高昉也知道他的名声。于钦当过淮西廉访使者书吏、国子助教、山东廉访照磨、翰林院国史院编修官、监察御史、兵部侍郎等很多官职。他在山东任职时，山东各地遭饥灾，他奉旨赈恤济南六县及盐灶饥民，深得民心。他在出试田赋府时，卒于任所，年仅五十岁。

于钦既有在地方当官的经历，也有在国史院编修史书、在中央政府担任要员的经历，这为他撰写《齐乘》提供了很好的条件。

于钦以文雅著称于时，曾在曲阜作告先圣祝文。他自称"生长于齐，齐之山川、分野、城邑、地土之谊，人物之秀、此疆彼界，不可不纂而纪之也"（《齐乘·释音序》）。而且，他感于古代各地均有志书，而山东一带由于兵燹焚毁，古代志书多荡然无存，遂立志要纂修齐地志书。在山东任职期间，利用任官山东之便，周游齐鲁各地，"询诸乡老，考之水纪、地纪"，实地考察、访问、参考史籍，到临终方撰成《齐乘》，并叮嘱其子将它刻印成书。

《齐乘》共六卷，卷首有序、目录，卷末附有其子于潜所作的释音、跋，共分沿革、分野、山川、郡邑、古迹、亭馆、风土、人物等八门。内容从历史地理、文化古迹、宗教寺庙到风俗人情、人物传记无所不包，体例完备。书中将山东的名山大川变迁、郡邑城池的名由与沿革，以及历史名人都简洁地记述下来，提供了丰富的史料。

元代著名史学家苏天爵用"辞约而事核"概括了《齐乘》的特点。"辞约"，即言辞简约，《齐乘》作为一部山东通史，全书六卷八门，只有七万多字，无愧于"辞约"之评；"事核"，即所记载之事翔实确切，于钦本是齐人，他著作《齐乘》，"援据经史，考证见闻"，所记之事翔实确切。四库馆臣认为《齐乘》"叙述简核而淹贯，在元代地志之中最有古法"，对《齐乘》和于钦都不吝赞美之词。

9. 妙悟岐黄

黄元御发愤著医书

黄元御(1705—1758)，清朝乾隆年间名医，名玉璐，字元御，以字行。一字坤载，号研农，别号玉楸子，昌邑黄家辛戈人。雍正二年（1724），黄元御二十岁便中了秀才，春风得意，人人称赞他的才能，认为他未来能够成为国之重器。他自己也是这样认为的：论家学，他是明代名臣黄福的第十一世孙，自幼接受父兄的教育，读书明礼；论志向，他少负奇志，欲学习先祖黄福，成为济世之才；论才能，百家诸子的学说，大都过目能成诵，入耳能理解。他的未来仿佛一片光明坦途。

可惜，一场大病毁了他的科举梦。

雍正十二年（1734），黄元御三十一岁，突患眼疾，左目红涩，白晴如血，求医就诊，怎奈医生误用大黄、黄连泄大肠之火，然后滚烫茶水熏眼、针刺白球，经过这样的折腾，病不但不见好转，反而越来越重，最后左目完全失明。而他所损失的不仅是一只眼睛，更是通过科考实现人生价值的希望——在科举时代，五官不正是不能应试的。他的仕途之路被彻底断送了。

十年之间，黄元御的同龄伙伴，包括堂兄黄德修、表兄孙乾元在内，县内先后有十多人考中进士、举人、贡生，他却总是屡试屡败，久困科场。科举失败加上左目失明的打击，足以使人一蹶不振。但是黄元御没有放弃实现人生价值的希望，他弃儒从医，立志"不为名相济世，亦当为名医济人"，终成一代名医。

黄元御的学医之路并非一蹴而就。他在《伤寒悬解自序》中这样自述学医的艰难："我读张仲景的《伤寒论》，有一个字不能理解，就搜集查看了各种注释，三年中看到的各种《伤寒论》著作有数十百种，还是没有弄明白，只好废卷长叹。"

功夫不负有心人，在付出了常人难以想象的努力之后，黄元御终于精通了各种医学经典，并形成了自己的医学见解。他开始行医治病，不断提高自己的医术，并且将自己的医学经验和见解进行整理，撰写医学著作。

黄元御从三十六岁开始著述，到去世前成书十三种，约两百万字。他的著作仅著录于《清史稿》的就有十一种，共计九十八卷。其中《素灵微蕴》《四圣心源》《伤寒悬解》《长沙药解》《金匮悬解》《四圣悬枢》《伤寒说意》《玉楸药解》八种医著，被世人称为"黄氏医书八种"。后来，黄元御又完成了《素问悬解》《灵枢悬解》和《难经悬解》，和前八种共计十一种。这些医著，解说前人之莫解，立其独见之明，名冠医林，影响深远。他提出的"扶阳抑阴"以祛病延年和主温重阳的观点，独居医家一宗。此外，他对于瘟疫、痘疹发病机理的认识，更是独创见解。清代末年，黄氏医书传入了日本、朝鲜及东南亚各国，黄元御的名字广为流传。

乾隆十五年（1750）四月，黄元御北游至京城，正好遇到乾隆帝生病，一众太医毫无作用。经举荐，黄元御入宫看病，药到病除，以精湛的医术得到了乾隆帝的青睐，亲书"妙悟岐黄"以为褒赏。

黄元御去世之后，埋葬在家乡昌邑市黄家辛戈村。直至今日，依然经常有学医之人到墓前拜祭，感谢这位一代宗师给后人留下的医学财富。

黄元御少时志存高远，却科场失意，继之又左目失明，仕进无路，可以说是不得意之人。但后来专注于医学，得以成为名医并有大量著作问世，又可谓功成名就。人生何谓失意，何谓得意，抚今思昔，黄元御在《四圣心源·自序》中发感慨说："我认为上天厚待安乐之人，不如它厚待愁苦之士。大丈夫的得失，不是俗人所能知晓的。"

黄元御墓（潍坊市委宣传部供图）

10. 许氏之功臣，段桂之劲敌

王筠治《说文》独辟门径

在中国古代典籍中，经学位列四部之首，而小学则为经学的一大门类。汉代许慎的《说文解字》是小学中最重要的著作，历代学者对它都极为看重。到了清朝，研究《说文》的学者大量涌现，"许学"成为显学。清朝中期，段玉裁的《说文解字注》、桂馥的《说文解字义证》问世，被世人惊叹；之后王筠的《说文句读》《说文释例》和朱骏声的《说文通训定声》也陆续成书，他们的《说文》研究也被世人公认。于是他们被合称为"说文四大家"。

王筠（1784—1854），字贯山，号篆友，山东安丘人。他的父亲王驭超当过寿州知州。生长于书香之家的王筠自幼就爱读书。有一次他观看戏剧演出，演出结束时，他已经默默地背诵了一遍《周易》，竟然没听到演员唱戏的歌声和乐器演奏的声音。他十一岁的时候，只要谈论人物，就用圣贤的标准来衡量；只要讨论诗歌，就用杜甫李白王维孟浩然的诗歌标准来衡量；只要论述文章，就用秦汉唐宋文章的标准来衡量。别人看到王筠如此呆板，就称呼他"木头子"。

王筠嘉庆二十四年（1819）应顺天乡试，挑取誊录，供职于京师。道光元年（1821）考中举人。他当过山西省乡宁知县，并代理徐沟、曲沃知县。任职期间，为政清廉，卓有政绩。咸丰四年（1854），王筠因病去世，时年七十二岁。

王筠三十岁时读《说文》，就很喜欢。四十岁时开始专心研究《说文》。他研究《说文》非常用功，即使当官时事务繁忙，但只要有空闲时间，就手持《说文》不离手。

王筠道光十七年（1837）辑录《说文释例》，只用一百天就写完了。次年完成了《文字蒙求》这一通俗《说文》读物。

道光二十一年（1841）开始撰写《说文句读》，两年后成书。王筠还有《周易详解》《仪礼郑注句读刊误》《说文广训》《检说文难字》《许学札记》《正字略》等著作几十种，是著作等身的大学者。

同治年间，王筠的《说文句读》和《说文释例》被上呈朝廷，备受学人推崇。经史大家潘祖荫翻阅后，说王筠的书虽然比段玉裁、桂馥晚出，但汇集了他们的成就，弥补了他们的弊端，补救了他们的偏颇，对于"许学"贡献很大。因此王筠在《清史稿》中被赞为"许氏之功臣，段桂之劲敌"。

三

潍水遗珍

潍坊外揽山水之幽，内得人文之胜，襟怀齐鲁，连接海岱，历史悠久，底蕴深厚，有近万年的文化史和五千多年的文明史，是东夷文明的核心区域，后李、北辛、大汶口、龙山、岳石文化序列完整，连绵传承。先秦时期，古国林立，是齐文化的腹地；秦汉以来，长期作为山东政治、经济、文化中心，是两汉经学高地、南北朝佛教文化的东方中心、明清海岱间的文学重镇，潍坊又是中国海盐业的发源地，陆上和海上丝绸之路的交汇点。千百年的积累沉淀，为潍坊留下了丰厚的人文遗产。潍坊市登记不可移动文物4099处，其中全国重点文物保护单位22处，省级文物保护单位171处，世界文化遗产1处，这些精美的文物古迹处处彰显着潍坊"务实开放、尊贤尚功、仁义为先、会通百家"的具有鲜明特色的区域文化。

（一）人文名山

1. 沂山

中华五大镇山之首

沂山，位于潍坊市
临朐县，主峰玉皇顶海拔
1032 米。作为我国古代
五大镇山体系中的东镇，
是远古山川崇拜的产物。
沂山诸峰之中数"狮子

沂山玉皇顶（潍坊市委宣传部供图）

崮""歪头崮"最为险要。"歪头崮"三面悬崖，唯南侧有一
小径可盘旋而上。中途石壁上刻有清同治年间四个隶书大字"人
世蓬莱"。峰顶有古庙名"碧霞宫"，相传是祭祀泰山娘娘处
所。宫旁有一石穴，名曰"天池"。池东有一巨石探出绝壁，
可观东海日出。

沂山东麓有东镇庙，建于宋初，至今多有增修。现庙之模
式格局，为中国传统的院落形式。四面围墙成院，其间再以甬
路、花墙相隔，分为东、中、西三院落。主体建筑建于中院，
前为拱形牌坊式山门，正门高出，门上石匾额，上镌"东镇庙"
三个大字。左右偏门略低，三门封顶俱为绿琉璃。山门东西各有将军殿两间，又名"神君殿"。殿后，东侧钟楼，西侧鼓楼，均为亭阁式。再为"御香亭"，亭前后台阶左右各立名人碑刻。"御香亭"后是正殿，又称大殿，为东镇庙主体建筑。廊台四面，石栏整齐玲珑，封顶碧瓦，檐角凌空飞出。殿前为祭台，锁钉栏板结构，料以青石，设计匠心独具，现为全国重点文物保护单位。台之左有乾隆御碑，右有元大德御碑亭。西院公馆，馆门上有"万山深处"四字匾额。字大径尺，行书体，奇古浑朴，遒劲秀丽。馆内有"净风轩"三楹。中间卷厦，厦前额曰"一尘不染"。东院公馆，其规制大小、建造用料、砌筑工艺等均不及西院。东、中、西三院，计有庙殿神堂、楼亭廊庑、道房斋舍等一百七十余楹，是古青州境内最大的山庙。碑石遍布庙院内外，明代傅国称"历代敕告祀文俱勒石祠下，及古今游人题咏多坎壁间"。据载，1904年时庙中有古碑三百六十余幢，现存碑刻以元明清石刻为主，约一百四十五幢，有"东镇碑林"之称。

我国古代以祭祀为国之大事，从自然界的天地日月山林川泽，到冥冥之中的祖宗鬼神，无不虔诚祭祀。镇山作为各地名山，在历史长河中逐步脱颖而出，被列入国家祀典，成为国家山川祭祀体系的重要组成部分。据《史记·封禅书》载，黄帝最先登封沂山。舜肇州封山，定沂山为重镇，禹时即祭祀沂山。《周礼·职方氏》载："正东曰青州，其山镇曰沂山。"汉至清，历代对沂山屡有增封，祀典不废。隋代创造性地开创了完整的岳镇海渎国家山川祭祀制度，《隋书·礼仪志》载："开皇十四年闰十月，诏东镇沂山、南镇会稽山、北镇医巫闾山、冀州镇霍山并就山立祠。"《玉海》载:"周世宗显德四年,止祭沂山,其诸镇不祭。"北宋《太常因革礼》载,乾德六年,"祭以五郊迎气日祀之。今岁立春止祭东镇沂山,余镇不祭"。元代必阇赤僧宝代祀碑,提出"山镇之大,莫先于沂"。明代《东镇沂山寝庙成记碑》载:"天下岳山惟五,而泰山为宗;镇山亦五,而沂山为冠。"故沂山素有"五镇之首"的美誉。以东镇庙为载体,每年定期举行沂山祭仪,是古代帝王对东镇沂山的"望秩之礼"。除了定期祭祀,凡遇皇帝登基、天灾、战事等重大活动或重大事件,皇帝往往遣使到沂山祭告,祈求佑护。如光绪《清会典事例》载:"登极、授受大典、上尊号、徽号、加上徽号、皇太后圣寿大庆、万寿圣节大庆、册立皇太子,均先期遣官祇告天地、太庙、社稷,并致祭岳镇海渎、历代帝王陵寝、先师阙里。"此外,地方官员还需定期到沂山举行祭祀活动。清光绪《临朐县志·坛庙》记载:"每岁春秋仲月,又有所在专祭,守土正官主之,牲用羊一、豕一。余仪与遣官致祭同。"沂山祭仪,总体经历了图腾崇拜、山形祭祀、山镇祭祀、封禅行典、岳镇海渎祭祀五个阶段。中华民国建立后,帝制被取消,帝王祭祀沂山的活动随之停止。从此,沂山祭祀成为纯粹的民间祭祀活动,称为沂山庙会,又称沂山香火会,每年农历四月初八举行。庙会会期短则三天,长则五至十天,还有"晴则竟月,晦则旬余"之说。1979 年,临朐县恢复了东镇沂山祭祀活动。2013 年开始,临朐县每年都举办中国(临朐)沂山文化节,祀山大典以礼仪、歌舞为载体,再现了古代祭祀沂山的宏大场景。祀山大典的主要仪程有击鼓鸣钟、献供三牲、祭酒、敬献花篮、敬香、宣读祭文、行礼和乐舞告祭等。

2010年，临朐县人民政府把"沂山祭祀文化"公布为县级非物质文化遗产代表性项目；2011年，潍坊市人民政府公布"沂山祭祀文化"为市级非物质文化遗产代表性项目；2013年，山东省人民政府公布"东镇沂山祭仪"为省级非物质文化遗产代表性项目；2014年，国务院公布"民间信俗（东镇沂山祭仪）"为国家级非物质文化遗产代表性项目。

2. 云门山

天下第一高"寿"

云门山，位于潍坊市青州市城南，主峰海拔421米。山顶有一处天然形成的门洞，南北贯通，夏秋季节，云雾缭绕，穿洞而过，如滚滚波涛，将山顶庙宇托于其上，虚无缥缈，宛若仙境，古人称这一盛景为"云门"或"云门仙境"，云门山由此得名。"云门拱璧"为青州古八景之一，云门山为国家级风景名胜区、国家AAAAA级旅游景区——青州古城的重要组成部分，云门山石窟及石刻为全国重点文物保护单位。

云门山断崖峭壁间，遍布历代文人名士的摩崖题刻和碑碣。据统计，共有各类题刻及碑刻67处。其中，不乏雪蓑子、周全、富弼、李文藻、曾布等名人名家的作品，既有书法题刻，也有国画刻石，还有人物画像，是研究书法绘画和云门山历史的重要实物资料。虽然部分题刻年代久远，字迹漫漶不清，难以辨识，但多数题刻保存相对完好。众多题刻中，最值得一提的当属国内罕见的明代摩崖巨刻"寿"字，该字传说是衡王府内掌司周全在明朝嘉靖三十九年（1506）重阳节，为第二代衡王祝寿时书写，并由工匠镌刻在悬崖上。整个大字通高7.5米，宽3.7米，仅寿字下面的寸字就高2.3米，所以在当地有"人无寸高"的戏语。细端此"寿"，虽千凿百斧雕成，却不露分毫痕迹，充分体现了劳动人民的聪明智慧，是书法石刻艺术的瑰宝。冀阳，清光绪版《益都县图志》中的《人物志·外传》中载：明衡王府官属中的典膳四人中就有周全，自署冀阳人，然而记载不详。据各种题刻推测，周全应为衡庄王厚燆在位时期的典膳。

云门山风景图（姜光辉摄）

关于这个"寿"字的来历，当地有一个"雪蓑献寿"的民间传说。早年间，青州城里有个要饭的叫雪蓑。他破衣烂衫，蓬头垢面，人人都嫌他脏。只有一个剃头的和他要好，常给他剃头，有时也留他吃上一顿半顿的，一来二去，雪蓑就成了剃头铺的常客。一天，雪蓑见剃头的有把折扇，就说："大哥，你这扇子挺好，可惜是个光面，我给你画幅画吧！"就在上面给他画了个咬子（蝈蝈）。剃头的拿起扇子一扇，咬子就吱吱吱地叫，头上的须还乱扑棱，像活的一样，扇子一停，就不叫了。剃头的很高兴，爱不释手。可是从那以后，雪蓑很久没来。剃头的有了这把扇子，人人都爱去听那咬子叫，生意也就比以前更好了。有一天，画上咬子的须断了，再扇时咬子不叫唤了。过了两年，雪蓑又来剃头，两人一见，十分亲热。雪蓑见扇子上的咬子须断了，就从裤腰里撕出一块棉花套子，捻成两根线，给咬子把须接上，一扇，又叫开了。第二天是衡王的生日，雪蓑大模大样地走进衡王府，见许多官人正在给衡王祝寿，他找了个上座坐下来。人们劝酒他也不谦让，祝寿的人还以为他是衡王的近亲呢！快散席时，有个大胆的问雪蓑是衡王的什么亲戚，拿来什么礼物。雪蓑说："我是个要饭的，礼嘛，在南山上，诸位请看。"说着朝城南的云门山一指，只见石崖上有个很大的"寿"字，忽闪忽闪地发光，众人齐声叫绝。这时有人说："寿字真好，可惜缺一点。"雪蓑顺手拿起个棉花团，在砚台上蘸了蘸，朝云门山抛去，只见金光一闪，"寿"字上缺的那个点补上了。衡王心里挺高兴，派人到山上去看。原来寿字是用黄泥写的，衡王怕下雨淋掉了，赶忙叫人用凿把"寿"字錾在山崖上。这一錾不要紧，"寿"字再也不放光了。

3. 驼山

中国东部最大佛教石窟群

驼山，坐落在潍坊市青州市城南瀑水涧西岸，因山形似驼，故称"驼山"，主峰海拔408米，"驼岭千寻"为青州古八景之一。明正德年间，官居兵部尚书、太子太保乐平人乔宇书写"驼山"两个大字，镌刻在山前石壁上，至今仍赫然在目。驼山现为国家地质公园，其上石窟造像及昊天宫古建筑群为全国重点文物保护单位。

驼山风景图（李迅摄）

驼山之所以引人注目，遐迩闻名，不仅仅因为它有陡峭的山峰、古老的松柏以及盘桓而上的"天梯"，更有山顶现存古建筑群——"昊天宫"，有七宝阁、玉皇殿、戏楼、东西配殿和廊房等50余间。玉皇殿为木石结构，雕梁画栋，气势雄伟；七宝阁则系石质无梁双拱阁楼式建筑，结构奇特，坚固耐久。宫内外遍立石碑120多通。院内南侧，有两眼深池，名曰天泉。池边耸立石碑，镂刻明青州知府杜思撰"天泉"两个大字。南门外还有"天河""天桥""五龙池"等。东门外不远处山岩下，有"净海池"。

众多文物古迹中，最重要的是这里为数众多、价值极高的石窟造像。驼山崖壁间并排着开凿于北周至唐代的5座石窟和1处摩崖，共有大小佛像638尊。最大的高7米有余，最小的还不足10厘米。这些大小不一的石佛，雕刻技术精湛，造型优美生动，是我国古代造像中的珍品。自东北向西南依次排列1—5号窟，在4、5号窟中间有一处摩崖造像。1号窟东侧有两个小龛，现无造像，瘗窟的可能性很大。1、4、5号窟属于小型窟，2、3号窟位于石窟群中段，是大型窟。驼山石窟开凿的时间史料中没有任何记载，从现存造像风格看应该是隋唐时期开凿。据1号窟石壁上武周长安二年（702）尹思贞"谨施净财于驼山寺"的造像题记，推断驼山石窟应为驼山寺的一部分。石窟外的崖壁上布满梁孔，原应有窟前建筑。最大造像位于3号窟，窟平面略呈椭圆形，窟口内收，窟上部略呈弧形，窟顶因被毁，无法判断其形状。窟前两侧斜向的崖壁形成一段甬道。窟加甬道深8.1米、宽3.32米、高7.1米。窟前上方崖壁有"人"字形沟槽，崖壁和地面上有许多卯眼，由此判断窟前原有木构建筑。窟内起高坛，坛高1.35米，坛上雕像。大像为一佛二菩萨。主尊通高6.09米。螺发，肉髻低圆。面相丰满圆润，柳叶状弯眉，眉间饰白毫。丹凤目，鼻高挺，直通额头，重颔。颈粗短，饰蚕节纹。身着褒衣博带式大衣，右衣缘甩搭左腕，胸前露出僧祇支和结带，服饰轻薄贴体，上饰彩绘田相。佛衣覆双膝，悬垂于基座上，形成装饰性的百褶和弧形纹。佛结跏趺坐于高坛上，手施无畏、与愿印。坛正面雕结跏趺坐佛像和供养人像，并刻"大像主青州总管柱国平桑公""像主乐安郡沙门都僧盖""像主曾忽为亡父母敬造无量寿""像主朱二嬷""像主明观为亡父母"等题记。左壁菩萨像高4.35米，头戴高高的花蔓冠，冠上饰三尊结跏趺坐的化佛，长长的宝缯垂于双臂上。面相五官与主尊相同，大耳垂肩，肩部饰二圆形物。袒上身，胸前饰项圈。披帛覆双肩垂至腹下，交叉上卷，分搭左右臂，在腹前自然形成两弧形。璎珞自右肩斜垂至身体左侧。下身着长百褶裙，腰部结带，裙腰外翻。双臂佩手镯，左手施无畏印，右手提物，跣足而立。右壁菩萨与左壁基本相同，只是冠上正中嵌一宝珠，没有化佛；披帛自双肩垂至腹部交叉穿壁，垂至膝部上卷，一条搭左壁沿体侧下垂，一条提于右手。双臂佩手镯，跣足而立。窟内壁面和甬道两侧崖壁上布满千佛。从胁侍菩萨的特征判断，窟内所雕大像应为阿弥陀佛、观世音菩萨、大势至菩萨西方三圣像，体现的是西方净土信仰。因主尊基座上题"大像主青州总管柱国平桑公"，所以石窟的开凿者即为柱国平桑公。据《隋书》卷四十七《韦世康传》载："世康从父弟操，字元节，刚简有风概。仕周，致位上开府、光州刺史。高祖为丞相，以平尉迥功，进位柱国，封平桑郡公，历青、荆二州总管，卒官。谥曰静。"3 号窟即为开皇年间任青州总管的韦操开凿。

4. 仰天山

佛崖放光，一窍仰穿

仰天山，位于潍坊市青州市城西南约 46 公里处，因八月中秋午夜，罗汉洞内"一窍仰穿，天光下射"而得名，主峰海拔 834 米，是鲁中山区一颗璀璨的明珠。仰天山罕见地将山、洞、崮三种地貌熔铸一体：佛光崖绵延数百米；摩云崮异峰突起，拔地通天，是中国第一高崮；全长 1500 米的地下大峡谷——灵泽洞，高峻秀险，瑰丽奇绝，蔚为壮观，现为国家森林公园、国家地质公园、山东省文物保护单位。

仰天山日出（潍坊市委宣传部供图）

仰天山历史悠久，宋太祖赵匡胤，政治家、文学家范仲淹，金石学家赵明诚都曾数次登临。主峰东侧有文殊寺，俗称仰天寺，是我国现存的三大文殊寺院之一。寺后有双井，俗名"黑龙潭"。寺前，古槐两株，石碑两座。寺东北有文昌阁。阁台高拔，白壁红柱，飞檐如翼，势若凌空。寺西南有望月亭，拱顶石质殿式结构，窗门四达，丛木环列，高明爽垲。寺西有"佛光崖"，崖壁下方镌有金明昌年间之线雕如来佛宝座及二侍童像，线条流畅，端庄典雅，栩栩如生。寺周围悬崖峭壁上，有仙人洞、卧牛洞、观音洞、水帘洞、仰天洞等，奇巧各异。洞穴内、崖壁间，随处可见摩崖题刻，默默记录着历史上的治乱兴衰。

仰天洞，又名罗汉洞，俗称千佛洞，古名白云洞、太祖洞，洞顶南侧有一天然石隙，仰可见天，仰天山即因此而得名。位置在望月亭以西约百米处。它的主要特点是洞口狭小，洞内宽阔无比，高大的穹隆顶部有天然石隙，名天窗，"一窍仰穿，天光下射"，由于常年的岩水溶蚀，洞壁上密布钟乳石，其造型似尊尊姿态各异的罗汉，所以也称之"罗汉洞"。在洞内南面的石壁上凿有众多的佛龛，是当年善男信女们供奉佛像的地方，因此就有了"千佛洞"这一名称。仰天洞口内外，是琳琅满目的悬崖题刻，但多数字迹模糊，漫漶不清，洞口明代青州知府陈占忠所题"罗汉洞"三字格外引人瞩目，书法遒劲，一气呵成。

宋代金石学家赵明诚在青州"屏居"期间，喜欢优游山水，多次偕同兄弟几人到仰天山观光游览，并留下题记。现存共四处，两处刻在仰天洞附近小径的石壁上，两处在山阴水帘洞内，字迹都是一大一小。其一是：余以大观戊子之重阳，与李擢德升同登兹山。己丑端午，又与家兄导甫及德升、于肇元阙、谢克明如晦同来。今岁中秋，复来游。预会三人，王蔚文□、李绒神举、傅察公晦，政和辛卯中秋，赵明诚德甫题。其二是：卢格之、赵仁甫、德甫、能父、谢叔子同游，宣和辛丑夏四月廿六日。其三是：卢彦承、赵守诚、明诚、谢克明辛丑四月廿五日同游。其四是：赵仁约子文、赵明诚德甫、谢克明叔子。从题名看，廿五日用他们的名，廿六日用他们的字，似是两天一次；加上未署年月的一次和题名中大观重阳、己丑端午、政各中秋，则赵明诚共五次畅游仰天山。

文殊寺，北宋初年创建，明、清扩建重修，原有灵泽庙、山门、钟楼、文殊殿等建筑组成，现仅存文殊殿等建筑基础6座，造像已毁。文殊殿坐西朝东，南北面阔三间，长9.8米，东西进深一间，6.3米，前出厦，深1.15米，墙厚0.5米，硬山顶；南北配殿分列左右，基础未变，长8.5米，深4.8米。文殊寺门前，石阶陡峭，两株高大的宋代古槐，俨然卫士般拱卫在寺门两侧，四角形建筑的钟楼、鼓楼矗立于寺门两旁。院内，祖师殿、伽蓝殿分列左右，里边分别供奉着达摩祖师和武圣关羽。正中面对山门，便是供奉智慧化身文殊菩萨的殿堂——文殊殿。按照中国传统建筑理念，寺院的正殿一般是坐北朝南，配殿分列东西两侧，而仰天山的文殊寺却与众不同，它是坐西向东，究其原因，可能是地理环境所限。在文殊殿的后边，有两处直径4米、深7米的八角形山泉，被称为"般若泉"。现文殊寺内有明嘉靖和民国年间石碑两通，残碑帽、残碑件等6个，古井2眼，古树3棵。另有一处墓塔林，是仰天山文殊寺高僧坐化后的归宿地，原有百余座，今存宋元时期石塔18座。石塔大部分由方形、柱形、鼓形以及宝塔形石块组成。

文殊寺后西边有一巨大的天然石壁，陡峭险峻，似一屏风。据史书记载，有时会在石壁的顶端产生光晕，宛若文殊菩萨身后的"背光"，因之称"佛光崖"。明朝工部尚书钟羽正在《仰天山文殊寺佛光崖放光记》中写道："万历四十八年四月朔，佛光崖放光三日，夜则穿月两垂，色明如银；昼则映日圆下，色耀如金……"佛光崖正中，凸凹不平的岩石以及溶蚀风化的纹理，构成一个天然巨佛的影像，静默端坐，手握经卷，平视山野，好像在讲经布道，普度天下的芸芸众生。在佛光崖的右下方有一处阴线刻的造像。中间为观音菩萨，高约 7 米，左侧为善财，右侧为龙女，高约 2.4 米。菩萨头上有圆形头光，火焰纹身光，面相方圆，呈倚坐相。菩萨左侧石壁上刻一宝瓶。菩萨左下方的善财童子满脸稚气，披帛飘扬，腰系长裙，身体微恭。整铺造像线条流畅，生动传神，虽历经八百余年风雨沧桑，至今仍然清晰可辨。这处造像应为文殊寺的一部分。从造像风格及周围其他相关建筑推断，此造像应凿于宋金时期。

5. 石门坊

天宝造像胜红叶

石门坊，位于潍坊市临朐县城西二十余里处，因入口处双峰耸立，对峙如门而得名，海拔 526 米，山势逶迤跌宕，绿水幽谷深涧，自然风光秀美，"神州千峰比石秀，嶙峋奇石数石门"。山上名胜古迹众多，历史文化底蕴深厚，"石门晚照"

素有"临朐八景"之首的美誉，是山东省文物保护单位、国家AAAA级旅游景区、山东省重点风景名胜区。

石门坊黄卢红叶（白瑞成摄）

石门坊受天然地理环境影响，有天然黄栌滋生，树林区已达三千余亩。每值深秋，黄栌红叶遍布山岗峡谷，如火似霞，丛栌间柏，泼红嵌黛，丹青丽雅，美不胜收，"泼染山红景色好，不是香山胜香山"。石门坊水清澈甘甜，山中有小天池、另天池、奇鼓泉等几处泉眼，泉水趵突，奇观天成。石门坊山中有十五处天然的洞穴，洞势各异，惊险诱人，石门坊自古就有"洞天福地"美称。

关于石门坊，有一个传说。据传，石门房是天上财禄大神储藏珠宝的地方，为嘉奖人间善事，凡生有十个男孩，不生邪事，品行端正的，便能开放石门取宝。山下有一个叫崇财的人，自幼父母双无，家境贫苦，但他不负寒门，立志兴家立业。他早出晚归，勤劳耕耘，省吃俭用，攒钱置地。没几年，买下良田数亩，吃用宽绰，遂娶妻历氏。夫妻勤劳耕织，家业日趋兴盛，连生九子一女，可算是人财两旺。崇财夫妇理应恬淡节欲，力俭躬行。但他们并不满足，家业大了，生活好了，反而萌生邪念。一天厉氏对丈夫说："光卖死力气，挣钱太费劲，咱有十个孩子，人多势大，还怕谁家？"一天，长子玉为偷了邻居一只羊，去集市卖钱两吊。当崇财从儿子手中接过钱来时，喜形于色，当着十个孩子的面，连声说："有能耐，你们也要跟着哥哥学，想办法，找钱眼。"其妻厉氏也夸奖并给了玉为十个熟鸡子，还说："孩子，吃了壮壮力，只要弄得钱来，爹妈就满意。"从此十个孩子穷尽其力，各展其技，逾墙越舍，拦路打劫，四处行盗，一时家中财物骤增。崇财夫妇满心欢喜，进一步纵子为所欲为。一天厉氏对丈夫说："如能开放石门房，取到金银宝贝，咱家就富贵有余了。"崇财说："我也想过此事，不过咱只有九个男孩子，尚欠一子，是打不开石门的。""我把咱闺女扮作男儿，冒名顶替就行了。""好，好，就这么办。"崇财十分赞成妻子的说法。于是，崇财率领十子每人各担两个大筐到了石门房前，崇财焚香双膝跪地，叩首祷告说："财禄大神，我生有十个男孩子，家教善行，品行端正，今天前来取宝，望圣神恩赐！"说罢，果然石门大开。崇财父子见满屋金银珠宝发出闪闪金光，望之馋涎欲滴。十子急忙将担筐装得满满的。其女体弱，拿取稍慢，急得崇财头冒汗珠，说道："闺女，你快拿……"没说完，石门就关了，贪得无厌、欺诈妄为的崇财及其九子一女被关入房内，窒息而死。这件事惹怒了财禄大神，为防止世上贪巧诈之徒欺天罔地，从此，石门永闭不开了。后来，石门房慢慢就被当地人叫作石门坊。

石门坊内有崇圣寺遗址，原为逄公之庙，相传商代逄伯陵曾伐杨王于此，后人于唐代建庙，宋、元、明、清、民国均有增建或修葺。寺下石径左侧，有两座石塔，分别于明宣德七年（1432）和天顺五年（1461）所建，保存完好，虽已历五百余年，石雕磨刻，仍显风采，堪称精工。寺东侧陡崖石壁题"晚照"两个行书大字，气势浑厚流畅，原为清康熙四年（1665）临朐名士、书法名家衣于帝书，光绪十二年（1886）因山石脱落，"晚照"崩圮，衣绣桐、衣文俊重刊，字迹流畅有力。庙前后原有历代石碑十余幢，现仅存数方，亦残缺不全。最奇特的是透亮碑，位于山泉西侧，碑身透亮如镜，传说观其碑能见家中景物。寺后北石壁有三石龛，左、中石龛均为元贞二年（1296）凿立。右石龛，亦称"三盘炕"，为明嘉靖十五年（1536）凿立。南崖有"仙人桥""三元洞"，据传，清末青州知府何永清削发隐居于此。

崇圣寺遗址的北部悬崖峭壁上，所刻佛像多系唐天宝初年造像。佛像容貌各异，生动传神，或跏趺而坐，或双足跣立，或骑坐麒麟，容貌各异，应是崇圣寺遗物。

6. 方山

神龙灵泉，气象万千

方山，位于潍坊市昌乐县城东南10公里，海拔338米，因"顶平如砥，四望皆方"而得名。山体雄伟，平原突起，蔚为壮观。桂河、于河、小丹河三水发源于此，东携白浪，西镇丹水，北映孤山，南望汶河，大有主宰一方天地之气概。昌乐八景之首"方水朝烟"，盖出于此。山上植被丰茂，景色优美，钟灵毓秀，气象万千，实乃一邑之胜。方山又是一座宝山，享誉中外，闻名遐迩的昌乐蓝宝石盛产

昌乐方山俯瞰图（康忠生摄）

于此，是人们旅游探宝的绝妙去处。

方山原有松柏1500余株，不知是当初植树乡民别出心裁，还是庙内僧众暗藏玄机，将这1500余株松柏种植成一个硕大的"寿"字，匠心独运，令人叹为观止。

方山西半坡上有一座古庙，为方山庙。主体建筑自南而北，由山门、过厅、正殿组成，现为山东省级文物保护单位。该庙始建于何朝何代，已无从查考。但从元大德十一年（1307）《重修方山神龙祠记》可知，此前"几经烈火焚毁庙貌煨烬"。可以断定，古庙建成年代至少不晚于宋代甚至更早。自元以降，历朝各代，几度重修，数易其名。据庙中碑刻可知其称谓有"神龙祠""灵泉观""西门大夫祠"。至于为什么叫方山庙，何时开始叫方山庙，尚无考证。庙内外碑碣林立，古木参天，青藤绕槐，紫薇丛生。正殿前有一山泉，依势凿池，曰"方水池"，一勺泓然，深六七尺，如圭，如盅，如仰盂。冬夏不竭不溢，终年清澈。池上砌一独拱小桥，曰"步云桥"，小巧玲珑，两侧石雕护栏，桥畔池边，数百年黄杨树，枝繁叶茂，生机盎然，

堪称江北之最。正殿内，雕梁画栋，正面端坐着一尊身着朝服的金面塑像，为当地群众称颂的方山爷。方山爷左右两侧有妻妾侍女，皆仪态端庄，东西两端，塑有风伯、雨师、雷公、电母等八位尊神。

"山不在高，有仙则名。"提起方山爷，在当地群众中流传着一个颇具神话色彩的故事。相传，昌乐县城营建之初，有东、西、南、北四座城门，因西门外常年闹鬼，搅得百姓日夜不安。几任县令又人妖不分，百姓无奈，只好将西门严严实实地堵了起来。直至明正德年间，湖广武冈人于子仁奉旨来昌乐赴任知县，途中，路过一荒村，在村头遇到一位白胡子老头。二人一见如故，言谈投机。老头将手中拐杖赠与子仁，嘱咐在紧要关头可助他一臂之力。子仁到任后，就在古历六月二十七日这天，携了拐杖带领衙役绕城巡视。见西门封堵，当即令手下人等拆砖开门。城门一开，果然妖雾四起，扶摇直上，顿时搅得满城天昏地暗。恶鬼们一个个张牙舞爪，气势汹汹地朝西门蜂拥而来。子仁手执拐杖立于门前，恶鬼见县官手执金鞭，头顶金光四射，一个个吓得战战兢兢，夺路南逃，一直逃到方山。见半山腰有一个山洞，都迅速潜入洞中。子仁手执拐杖紧追不舍，赶到洞口。恶鬼见不能逃脱，就在洞内大喊大叫："我等千年不出，看你能奈我何？"子仁斩钉截铁地说："尔等千年不出，老爷我就万年不动。看尔等还能糟蹋百姓否！"随即搬来一块大石头封住洞口，执杖端坐石上。若干天过去了，恶鬼被死死地困在洞里，为民除害的县令于子仁也坐化在石上。后来，百姓念其恩德，聚资在于子仁坐化处建了一座庙，塑了金身，尊他为"方山爷"。

时至今日，每逢农历四月初八（据说是方山爷的生日）和六月二十七日，这里便会举行香火庙会。方圆几十里的香客游人纷纷带着香火供品，来到方山，虔诚地祭奠这位降妖伏魔、为民除害的方山爷。或祈风调雨顺、五谷丰登，或求人财两旺、福寿康宁，无不应验。尤其是祈雨，更是屡试不爽，据《重修方山出巡神像记》载，"或三日而应，或即日而应，或即刻而应"，神乎其神。

（二）灵韵名建

1. 青州故城

禹定东方之州

青州市人文资源积淀深厚，地域文化特色鲜明，2013年11月18日，被国务院公布为"国家历史文化名城"。2017年2月25日，青州古城旅游区被评为国家5A级旅游景区。

大禹治水划九州，青州为九州之一。我国最古老的地理著作《尚书·禹贡》所记载的古"九州"（冀、兖、青、徐、扬、荆、豫、梁、雍）中就有青州，称"海岱惟青州"。《周礼》记载"正东曰青州"，并解释说："盖因土居少阳，其色为青，故曰青州。"《吕氏春秋》称青州为"东方之州"。

青州地区出土文物证实，早在七千多年前，已有人类在此繁衍生息，这里是"东夷文化"的重要发源地之一。境内北辛文化、大汶口文化、龙山文化等遗址有二百七十多处。在华夏五千年文明的长河中，青州一直是名城重镇，在全国有着重要的影响，作为山东境内的政治、经济、军事、文化中心，长达一千四百多年之久。西汉元封五年，设青州刺史部，是全国十三个刺史部之一，治所广县（今城西一里处），辖五郡四国一百多县。魏晋南北朝仍置青州刺史部，辖九郡四十七县，其间一度成为南燕国国都。隋置青州总管府，辖四郡三十六县。唐初置青州总管府、都督府，辖八州四十九县，中唐及五代设平卢淄青节镇，辖十五州。北宋初设京东路，辖一府十五州四军二监八十一县，熙宁七年设京东东路，辖一府八州一军三十八县。金设山东东路，辖二府十一州五十三县八十三镇。元初设益都行省，后设山东东西道宣慰司，辖三路十二州四十四县。明初设山东行中书省，辖六府十五州八十九县，洪武九年（1376）移治历城。此后，明中后期及清代一直作为青州府治所。青州古城池也随着历史的变革不断变迁，自西汉初年，先后存在过六座古城，分别是广县城、广固城、东阳城、南阳城、东关圩子城以及满族旗城。汉设广县城，在现瀑水涧以西。晋永嘉五年（311）建广固城，经六次大攻坚战，至410年被夷为平地。东晋灭南燕后，另筑东阳城（西至现海军402医院，南至南阳河，东至城关医院，北至尧王山路）。北魏孝明帝筑南阳城，城高三丈五尺，濠三丈五尺，周十三里，其规模比济南城高三尺、长一里。

青州地处交通要冲，地理位置优越。"右有山河之固，左有负海之饶"，东扼半岛，南控沂蒙，北望渤海，为历代军事重镇。南北朝及唐初政治官员兼顾军事，唐五代时期青州是平卢节度使治所。宋金在此设镇海军，北宋在此设京东东路安抚使，金代设山东东西路统军使，元设益都帅府、元帅府，明设山东都卫、都指挥使司，清设山东提督、分巡道、海防道，建八旗驻防城。1948年3月至1949年4月，华东局驻青州。由于青州具有重要的地位，历史上在青州分封的王侯颇多。汉代封召欧为广侯传五世，封刘便为广侯传三世，元封迈努为忠靖王、益王，明封齐王、汉王、衡王。青州因其在政治、经济、文化等方面的优势，作为齐鲁境内的佛教中心，有一千七百多年的历史，是佛教传入汉地最早的地区之一。这里拥有净土宗、禅宗等多种佛教宗派，并留下了大量的珍贵遗迹。现存古街巷上百条一万多米，包括被评选为首批"全国十大历史文化名街"

的昭德古街，以及偶园街、卫街、东门大街、北门大街、参将府街等街巷，大部分街巷的名称已经延续了几百年甚至上千年。这些街巷肌理清晰，空间布局完整，较为完好地保留了古城传统风貌，其中北门大街、偶园街、东门大街是保存最完整、规模最大、内涵最丰富的街巷。游客走在其中，将领略到青州古城曾经的辉煌，感受到浓厚的历史文化气息。

2. 衡王府石坊

罕见的明王府双坊

明朝，青州城内西南部曾有一座富丽堂皇、古朴典雅的仿北京皇宫的建筑群——衡王府。古典名著《红楼梦》《聊斋志异》中都曾出现过它的鼎鼎大名。清初寿光名士安致远在其《青社遗闻》中描写衡王府道："青郡衡藩故宫，最为壮丽。"

据考，衡王的宫殿区主要在今山东省青州荣军医院中。王府有四门，东为东华门，旧址在偶园街南段。东华门以东的偶园就是衡王府的东花园。西为西华门，旧址在冠街南段，益都中心医院西南侧的卜家巷口。北为后宰门，旧址在朝阳街中段的辘轳把巷。最为显赫的是南门，名午朝门，旧址在今益都卫生学校校门南侧。王府面积约 1.3 平方公里。另外，王府周围尚有很多附设建筑，如东营和西营是王府驻兵的营房。西营在冠街以西，包括皇城头街、二街、三街、四街，面积约有百余亩。东营在剪子巷，包括北营街和南营街。午朝门西侧今山东省益都卫生学校内原有一组建筑，称祈年鉴，是当年衡王祭神的地方。偶园街南段西侧的天主教堂院中有一井，名胭脂井，据说是王府宫女、嫔妃梳洗打扮用水之井。南阳河南岸、原淘米涧东侧有一高地，原有一楼名翡翠，是王府中公子王孙聚会观景、娱乐欢饮的地方。

清兵入关后很快占领山东，最后一代衡王朱由椒投降了清廷。清廷为稳定大局，采取安抚政策，衡王府暂时保留下来。清顺治二年，朝廷借口衡王府子弟叛乱，查抄了衡王府，将朱由椒召进京城软禁起来。第二年，以叛乱为由杀死朱由椒，抄衡王府。衡王家族被迫四散逃命，家产财宝"半归禅刹，半入侯门"。如今，衡王府规模宏大的建筑群早已荡然无存，只有前面雄壮的石坊还在诉说着王府的兴衰。

明宪宗成化二十三年（1487），皇帝朱见深封他的第五子朱祐楎为衡王。弘治十二年（1499），衡王就藩青州。朱祐楎就藩青州三十九年，礼贤下士，乐善好施，虔信佛道，曾作诗描述青州生活云："远望三山叠苍翠，近闻二水流潺潺。范公亭里听遗训，昊天宫中悟道禅。"朱祐楎就藩青州以来，一直仁政爱民，即便遇到自己府上的人同外界发生纠葛，也不仗势欺人，常说："此乃我左右之过也。"因此，他名声很好，并被他的哥哥弘治皇帝誉为"诸藩之范"。此后的几代衡王均以继承"祖训"为荣，出了许多文雅之士，结交的都是文人墨客。嘉靖年间（1522—1566），朝廷给衡王府立了两座石牌坊，题写了"乐善遗风"和"大雅不群"匾额，以示褒奖。衡王朱祐楎号乐善子，"乐善遗风"的意思就是赞扬衡王府保持了朱祐楎的良好家风。

衡王府石坊（迟玉红摄）

两座石牌坊位于衡王府正门前。衡王府以石坊为中轴线，向两边展开，左右对称，气势恢宏。石坊造型宏阔，刻工精细，堪称珍贵的历史遗存。两石坊坐北面南，皆为四柱三门式牌坊结构。每坊东西宽 11.5 米，南北进深 2.72 米，高 7 米余。两坊相距 43.5 米，建筑风格相同，尺寸一样，皆由二十八块巨石组成。底座高 1.2 米，分三层，底层高出地面 20 厘米，刻云头图案；中层内收 10 厘米，雕荷花、牡丹等花卉图案；上层与底层齐，镌狮子、麒麟图案，每块巨石上有狮子十二只、麒麟两只，形态奇伟，惟妙惟肖。石柱方形，分立底座上，中间二柱各高 5.82 米，两侧二柱各高 3.95 米。每柱南北两面各镶透雕麒麟一只，高 1.95 米，昂首蹲立，每坊八只。四柱上方各嵌巨石横匾，匾上浮雕均为二龙戏珠图。中门二横匾，上刻大字，南坊为"乐善遗风""象贤永誉"，北坊为"孝友宽仁""大雅不群"，剔地阳文，字形宽博，笔画流畅。这两座石牌坊的存在，使人们自然联想到王府昔日的辉煌。

3. 江南亭

一亭风雨半亭山

江南亭地处潍坊市临朐县冶源街道老龙湾风景区内。过雪化桥，穿竹林，越曲径，度石桥，行约三百米，所至即江南亭。江南亭为明代著名散曲家冯惟敏之别墅。初建时檐匾为"即江南"，1912年冯氏后裔冯瑞章改题为"江南亭"，迄今已历四百余年。2013年被公布为山东省文物保护单位。

冯惟敏（1511—1578），字汝行，号海浮山人，又号石门。冯惟敏为冯裕第三子，幼承家学，万字长文一挥而就，因文采非凡而名噪一时。中举后屡试不第，后赴吏部应选，才被授予涞水县令一职。初入仕途的冯惟敏便为老百姓做了不少实事，"缮学宫，浚城隍，树以榆柳"。当时涞水县很多权贵宦官兼并民田并且不向朝廷纳税，老百姓缺田少地却税赋很重，冯惟敏依法惩治了几个带头的宦官豪强，遭到嫉恨诋毁，因此被贬为镇江府学教授，其间参与修撰了《世宗实录》。隆庆三年（1569）升任保定府通判，因文才出众被任命修撰《保定府志》，后降为鲁王府教授。冯惟敏绝意仕进，辞官归隐于海浮山。隐居期间，冯惟敏将自己的仕宦生涯与所见民间疾苦写入散曲，著有散曲集《海浮山堂词稿》、杂剧《僧尼共犯》等优秀作品。他的作品关心民瘼、刺贪刺虐，既诙谐幽默又通俗自然，取得了很高的艺术成就，冯惟敏也被誉为"曲中辛弃疾""明曲第一人"。

江南亭三面环水，北临熏冶湖（即老龙湾），东依竹林，南面海浮山，岩罅泉涌，形成水深盈丈的濯马潭。水上有竹节亭一座，亭中设有石桌石凳，供人歇息。游人可静坐观潭中游鱼和摇曳弄影的水草，也可在此对弈品茗。这里古树蔽日，风景清幽雅致，四时水碧竹绿，大有江南水乡风貌。江南亭前有小院，绕有花墙，左侧有泉名曰"八角琉璃井"，传说为冯惟敏当年煮茗取水处。亭体量不大，面阔三间，进深一间，形式为前出廊厦的硬山式古建。墙体为砖石，顶架为木质，卷棚式顶面覆以小青瓦，檐牙翘出，门窗木作精巧细致，雕刻玲珑规矩，彩绘色调明丽，图案古朴大方。石作工细，砌筑严实。亭门上匾额书有"碧波云潭"，原为乾隆年间大学士于疏敏题书，后由著名书法家武中奇重新题写。亭门两旁对联曰："松荫环抱竹荫静，泉声竞于书声清。"亭前原有两棵大黄连树，20世纪初，邑人冯东溪为江南亭题写楹联曰："烟静平湖云齐古木，竹声碎玉泉声佩环。"院东是茂盛的竹林区，高竿碧叶遮天蔽日，微风吹拂，竹涛声声。院旁路畔立有冯惟敏的汉白玉雕像，他手握书卷，神容恬淡，仿佛在沉思。向北竹荫下，有一古老茅舍，虽经岁月剥蚀，但依然伫立。据说这是冯惟敏的厨房，后有守园老人幽居于此。

冯惟敏在老龙湾别墅，前后住过三十余年。他在老龙湾畔，接触的是丰富多彩的农家生活，感受的是故乡风味农家情，所以他的散曲乡土气息浓厚，充满了田园意趣。如他在《冶源十大景》中写道："秋来春去，四时成趣。家住翠竹丛中，人在白云深处。看天然画图，看天然画图，眼前诗句，水芹香稻，鲜酒活鱼。见说江南好，江南恐不如。"把故乡之美好写"活"了。《胡十八·刘麦有感》中写道："穿和吃不索愁，愁的是遭官棒。五月半间便开仓，里正哥过堂，花户每比粮。卖田宅无买的，典儿女陪不上。"把民生疾苦、社会弊端、官场丑恶写"实"了。《午憩》中写道："庭树影交加，扫苍苔设小榻，颓然一枕消长夏。待观书眼花，要题诗手麻，老妻闲说家常话。问庄稼，麦收几许？快沽酒赏葵花。"把农家生活、田园之乐写"美"了。冯惟敏的散曲通俗易懂，没有深奥词句，乍看都是大实话，细琢磨诗意浓浓，有情有趣，惹人深思。

江南亭（潍坊市委宣传部供图）

111

4.十笏园

鲁东明珠兼具南北风格

十笏园位于潍坊市潍城区胡家牌坊街，园内最早建筑砚香楼建于明嘉靖年间（1522—1566）。清光绪十一年（1885），潍县首富丁善宝重修扩建为私人花园，也称"丁家花园"。1988 年，被公布为全国重点文物保护单位。

十笏园占地面积约两千平方米，平面呈长方形，三跨并行，东西为疏朗的园林式庭院，中跨为前园式纯园林，现存有楼、台、亭、榭、书斋、客房等古建筑 114 座、283 间（含关帝庙、孔融祠）。中轴线建筑及其院落为园之主体部分，曲桥回廊连接，鱼池假山点缀其间，主要建筑有砚香楼、四照亭、九曲桥、稳如舟亭、漪岚亭、十笏草堂、小沧浪亭、游廊、龙墙等，对称中有高低变化，玲珑秀丽中蕴高雅别致，集中国南北园林之美于一体，被潘谷西教授誉为"鲁东明珠"。墙壁上嵌有郑板桥、金农等书画家真迹碑刻九十余方。1925 年 7 月，康有为即兴留诗一首："峻岭寒松荫薜萝，芳池水面立红荷。我来桑下几三宿，毕至群贤主客多。"我国著名古建筑园林专家陈从周曾有"北国小园，能饶水石之胜者，以此为最"的评价。

十笏园古建筑是潍坊清代历史文化的见证。以十笏园古建筑为中心，形成十笏园古建筑群，反映了潍坊一带从古到今，特别是明清时期独具地方特色的民俗风情和建筑风格，展示了潍坊作为千年古城和历史文化名城的风貌。十笏园借鉴了南方园林建筑的特点，园内假山、瀑布、池塘、曲桥、亭榭等巧妙结合，融南北园林建筑风格于一体，让北方人更直接地看到了南方的建筑文化，形成潍坊历史文化中一道亮丽风景。不足两千平方米的园林中嵌有郑板桥、金农，陈介祺、曹鸿勋、王寿彭等人的书画题刻，可见此地从古到今便是文人墨客云集之所。小小的园林与历史、自然环境、人文完美结合，强调了建筑与人地历史、地理环境相融合、相渗透，使建筑从这块特有的土地中生长、呼吸，把历史文化融入我们的城市建设之中，传承了历史文脉，感悟着时代变迁。

十笏园（姜光辉摄）

十笏园内主要建筑四照亭位于园池的中心部位，四面都是三开间，呈南北狭、东西窄平面，屋顶三重檐，檐檐相叠。名为亭，其实是榭，四面设美人靠，任人凭望。所谓四照，即四面可观。东观山亭，西观曲廊，北赏砚香层楼，南眺十笏草堂。亭西侧为入口，题额"云涛"，题联："清风明月本无价，近水远山皆有情。"九曲桥位于水池西北角，是连接四照亭的。桥面平而曲，构造立墩起拱。桥分三拱，弯曲呈半圆形。稳如舟亭位于水池的东北，船舫一座，因三面着陆，一面临水，故

113

云"稳如舟"。舫东、北、南三面与东山余脉相接，北出门可寻道登山，西凭栏可临水观鱼。漪岚亭位于水池的东南角，三面临水，此亭攒尖，脊呈盝顶式，五面围栏，绿柱红枋。亭边立一玲珑湖石，上题"十笏园"三字。此石形态姣好，上中下三孔并列。南岸硬地为过道和平台，岸边叠石，平台左右各立一石笋，如旗杆。十笏草堂位于漪岚亭南面，堂三间，砖砌，硬山顶。小沧浪亭位于水池西南角，亭平面方形，红柱不经斧斫，木瘤可见，屋顶为草顶，攒尖式，亭内置一圆石几，以四围栏杆为座。游廊位于水池西，以直为主，成为西跨院的东廊。廊东面开敞，设美人靠椅。廊西面封闭，砌墙开漏窗，廊在北端东折北走，成曲廊，一角入水，断栏设阶，下与桥通。龙墙位于水池北，中间开八角洞门，门顶硬山檐压顶，门与墙为青砖砌成，满墙拼砖漏窗图案。正对门口立一太湖石，作为对景，此院全为开敞硬地，为北方式院落。

之所以名十笏园，园主丁善宝在《十笏园记》中这样解释："以其小而易就也，署其名曰十笏园，亦以其小而名之也。"丁善宝（1841—1887），字黻臣，一字韫山，号六斋。1852年恩赏举人，官内阁中书。有善行，死后蒙山东巡抚李秉衡奏请旌表，敕建善行坊，乡谥端敏。著有《六斋诗存》《六斋文存》《十二种文萃》等。丁善宝博览群书，行游天下，眼界开阔，以文交友，并广施善行，遵父祖之训，肇子孙之贤，是丁氏世家发展史上一位杰出人物。

5. 陈介祺故居

金石集大成者诞生地

陈介祺故居原规模颇大。清道光三十年（1850），陈介祺于增福堂街两侧买地新建宅第，分南院、北院，占地面积约一万平方米，房屋百余间。宅第至陈介祺辞官归里数年后方建成，一直由陈氏家族世代居住。

据了解，北院为主院，东靠罗家巷，南依增福堂街，临街共东、西两个大门，上方匾额分别题"康济功深""德敷阛阓"。进东侧大门后，南北共四进院落，万印楼院落为最后一进，位于陈宅东北隅，需过前面三进穿堂方至。现存院落内，南厅房为前院穿堂，又称花厅，用以翰墨会友；十钟山房原为陈氏宗祠；万印楼则为陈介祺收藏、研究金石之处。陈介祺的金石收藏品类繁多，数量惊人，且多精品。凡带有古文字与图像的商周秦汉器物都是他收藏的目标，包括青铜器、玺印、陶文、封泥、铜镜、瓦当、诏量、泉币、画像砖等，尤以战国至两汉官私印为大宗，数量多达七千六百余方，辟"万印楼"蓄之，达到了古玺印个人收藏之顶峰。被文鼎、龚自珍所珍秘的"緁伃妾娋"玉印，也归其所有。又因藏有商周古钟十一件，故又称"十钟山房"。

陈介祺故居陈列馆（潍坊市委宣传部供图）

万印楼始建于清道光三十年（1850），占地面积约三百七十平方米，建筑面积约三百八十平方米，为两层砖木结构。上下各五楹，坐东朝西，底层明间辟门，上层洞开圆窗。楼左南、北两厅各为二楹，单檐硬山，明柱出厦。前厅用以翰墨会友，后厅为陈氏宗祠。其布局采用了左居右室、前客后主的礼制，具有典型清代建筑特点。陈介祺建万印楼时曾书写一联："陶文齐鲁四千种，印篆周秦一万方。"1992年，万印楼被公布为山东省文物保护单位。

陈介祺（1813—1884），字寿卿，号簠斋，晚号海滨病史、齐东陶父。清代金石学家，清吏部尚书陈官俊之子。清道光十五年（1835）中举人，道光二十五年（1845）中进士，后一直供职翰林院，官至翰林院编修。酷爱金石文字的搜集与考证，有着极为深入的研究。咸丰四年（1854）借母丧丁忧返回故里，专注于收藏、考证、著述，成为一代大家。陈介祺好古成癖，且独具识见，重在研究。光绪九年（1883），陈介祺编撰的《十钟山房印举》面世，收录古印10284方。此书以古玺、官印、玉印、套印、两面印、吉语印、图案印等分类，所收古印不乏何昆玉、潘有为、叶志诜诸家旧藏，还荟萃李璋煜、吴式芬、鲍康、李佐贤、吴云、吴大澂等藏家的古印及陈介祺自己的藏品，集印之丰，册数之多，为印谱史上的巨作。

万印楼众多的藏品当中，最为耀眼的莫过于毛公鼎。如今，进入万印楼，迎面最先看到的就是毛公鼎复制品。毛公鼎高53.8厘米，口径47.9厘米，铭文字数多达497字，是迄今发现的铭文最长的青铜器。铭文内容为此鼎乃周朝重臣毛公为感谢周王委托、赏赐所铸，被誉为"抵得一篇《尚书》"。1834年，毛公鼎一出土，立即成为各方猎取的对象。陈介祺重金购得毛公鼎，对铭文进行研究，写成了《毛公鼎释文》。陈介祺病故后，鼎传次子厚滋，厚滋传次子孝笙。1902年，两江总督端方利用陈孝笙急于重振家风的迫切心情，以万两银票和任命陈孝笙担任湖北银元局局长的虚假承诺，将毛公鼎骗得。此后，时局动荡，日本人和英国人觊觎毛公鼎，围绕这件国宝，发生了许多曲折离奇的故事。如今，毛公鼎被收藏于台北故宫博物院。

万印楼里的"陈氏十钟"实为十一个，并且分属西周和战国两个时期。这十一钟实际上有七个名字，分别是井人女钟、兮仲钟、杞侯钟、虢叔旅钟、戚钟、者切钟和楚公家钟。现在，赫赫有名的"陈氏十钟"被收藏在日本泉屋博古馆。这十一个钟大小相似，形制相近，钟上都有铭文。其中以虢叔旅钟和楚公家钟最为有名，虢叔旅钟上的铭文共十行九十一个字，记述此钟乃是一位名叫虢叔旅的人为纪念自己的父亲而制造。

6. 潍县西方侨民集中营旧址
国际友谊的范例

潍县西方侨民集中营旧址位于潍坊市奎文区虞河路西2999号，现有文物建筑七处，为十字楼、关押房（南、北）、专家1号楼、专家2号楼、文华楼、文美楼，总建筑面积4894平方米，占地面积7031平方米，建筑风格为中西融合。现为全国重点文物保护单位、全国爱国主义教育示范基地。

潍县西方侨民集中营前身为乐道院。乐道院始建于1882年，是集医疗、教育、宗教为一体的综合性场所。初期占地总面积16.5亩，1904年重建后占地约两百亩；太平洋战争爆发后，1941年12月8日，日本军队侵占乐道院。1942年3月，日本为报复美国限制日裔美籍人士在美国本土活动，将乐道院改造为西方侨民集中营（日本人称之为"敌国人集团生活所"），先后关押了两千多名外国侨民。根据1936年出生于乐道院的潘理达回忆，20世纪40年代的乐道院大致是这样的：乐道院地处虞河南沿，周围设有高大的围墙。有正门（北大门）和医院北门两个大门。正门是个黑漆大门，门两旁各有一座半米多高的青石墩。进入正门，有一条通往学校和教会的马路，马路两旁生长着高大的白杨树。路东是一个大厅房，四面玻璃窗，往前为两层高的道学楼。路西石坝上面靠院墙是一座圆棱形大教堂，白墙红瓦，圆形琉璃窗子，八角尖顶。教堂东南方向有狄乐播纪念碑，坐落在铁栅栏护栏中。教堂西面是广文中学的篮球场，球场西北角围墙内有一个圆形的观星台，可登高眺望。再往南是圣经学院和灵修院，这里是一片红瓦平房。教堂南面是广文中学，进入开放式的东校门后，可见西面与北面各有一排西洋式建筑风格的二层教学楼。教学楼顶上建有高耸的方形钟楼。教室后面是一片学生平房宿舍区和教师宿舍区。教室南面是环境幽雅的南外国院子，这里有数座青砖红瓦小洋楼。院子的南端，可见不少外国人的卧式墓碑。乐道院医院北门是铁栅栏样，左边是医院病房大楼，呈"十"字形，故而得名十字楼。大门两边各有一排小平房，是医院职工居住的地方。西面平房前面有一个黄色厅房，是医院的门诊部。再往前走，上去台阶是数座西洋式小楼房，名为专家楼。乐道院外还有南、北乐道村，村里有不少人在医院工作。

乐道院潍县集中营（潍坊市委宣传部供图）

西方侨民被关押潍县集中营期间，东西方人民守望相助，发生了一些感人至深的故事，成为国际友谊的范例。从1942年到1945年，潍县人民曾多次援救和帮助那些身陷囹圄的西方侨民，有的为此献出了宝贵的生命。一日黄昏，潍县西上虞河的青年韩祥在电网上放置木板，携带食品越墙而入时，被日军看守发现，慌乱中不慎触电死亡。日军看守为了示众，故意让尸体在电网上悬挂了两天两夜。潍县集中营中生活艰苦，很多难友用手表、首饰跟老百姓换取食物。1943年的春天，一天晚上9时许，韩绪庭来到集中营西墙外，那里有一根长杆，是难友们用来和外面交换东西的。趁着日本兵不在，韩绪庭把白糖和鸡蛋吊了进去，里面有人接着。过了十几分钟，长杆子上吊出来一张铁床。床体是拆卸开的，床板一共三块。韩绪庭当时很担心被日本兵发现，因为之前有人往里面送东西时被发现，惨遭枪杀。韩绪庭战战兢兢地接过床。这张床约二十五公斤重，他家距离集中营五里。韩绪庭不敢有丝毫耽搁，扛起铁床，穿过庄稼地，赶紧回去了。保留下来的这张铁床成了那段历史的见证。面对恶劣情况，被关押人士德位思博士迫切希望能与外界取得联系以求得帮助，可是日本人的监控非常严密，于是他想到了唯一能自由出入集中营的运粪工张兴泰父子。张兴泰父子是附近李家村的农民，当侨民在集中营向他求救时，他没有半点犹豫，冒着生命危险将信转给了营外原广文中学校长黄乐德牧师。四周的民众得知集中营侨民的惨状后，非常同情，在各自家境并不宽裕的情况下，踊跃捐款，民众和官方的捐款总额相当于美金十余万元。捐款由黄乐德的儿子黄安慰与女儿黄瑞云分三批秘密送往中立国瑞士驻青岛代办处艾格外交官手中，再以国际红十字会的名义购买急需的药物和营养品，分批送往集中营。正是这一批批的救命物资，使得被关押的西方侨民能够支撑下来。

潍县集中营累计关押美国、英国等二十多个国家的两千多名侨民长达三年之久。这里真实记录了日本军国主义的凶残暴行，是人类伤痛的记忆。但发生在潍县集中营的故事，也彰显着陌生的国际侨民之间的爱、尊重与帮助，彰显着以潍县人民为代表的中国人民的人道主义、国际主义精神。

7. 坊子德日建筑群

见证侵略，警钟长鸣

坊子德日建筑群位于潍坊市坊子区，集中分布在坊子老城区及胶济铁路坊子支线两侧。坊子是一座因胶济铁路而兴起的商贸重镇。1898年《胶澳租借条约》签订，德国取得了胶济铁路修筑权和沿线十五公里范围的矿藏开采权。同年4月，德国在"前后张路院"和"南北宁家沟"之间开凿煤矿，即坊子炭矿。随着德国人开煤矿、修铁路、建车站、盖教堂、开医院等，各地劳工和侨民在此聚集定居，该区域日渐兴隆。1914年，日本以"一战"战胜国身份强行接管了德国在坊子的一切权益，在此设领事馆、建电厂、开洋行、办学堂、辟农场、贩鸦片、购烟草等。坊子迅速成为以日本掠夺性经济为主、民族工商业为辅、"南北三条马路，东西十里洋场"的远近闻名的商业市镇。

德日建筑群核心范围1.4平方千米，主要建造于两个时期：德国占领时期（1898—1914）、日本占领与日伪统治时期（1915—1945）。建筑群包括德日占领时期在此主持建造的一系列建筑物、构筑物，和德日设计、中国民工建造的建筑物，以及德日强行霸占的改用于殖民统治的原中国建筑。德日建筑大多用于居住、工业产业、军事、商业，还有少部分用于交通、仓储、教育、宗教等。现保存有188栋建筑，总建筑面积45276平方米。

坊子的德日建筑分布广、数量多、功能齐全，集中反映了帝国主义在中国的军事占领、经济掠夺、文化渗透、民族压迫等种种罪行。坊子是近代因为煤矿的开采和铁路的开通而形成的城镇，该区域德日建筑群建筑风格统一，体现了近代工矿城镇的特征。德日建筑群是潍坊近代工矿业发展的实物见证，其作为建筑本身，凝聚着建筑者的智慧和心血，体现了中德、中日文化的交融；而同时，这些建筑是帝国主义列强侵略的产物，是对广大青少年进行爱国主义、革命传统教育的生动教材。2013 年，坊子德日建筑群被公布为全国重点文物保护单位。

1914 年第一次世界大战后，日本人取代德国人，占据胶济铁路，建日本领事馆。那时，坊子站三条马路上，仅日本商户就有二百八十余家。为了方便日本人入住与出行，旅馆就建于胶济铁路旁边，面对煤矿专用线，从火车站下车即可入住，既远离中心商业街，又紧挨外国人的高档生活区。1914 年 9 月 28 日，日军铁道联队大队长金泽少佐率兵侵占了坊子站及坊子煤矿。此后，日本以没收德国资产为由，全面侵占了胶济铁路及沿线全部矿山，彻底将山东变为日本的殖民地。

坊子火车站（潍坊市委宣传部供图）

由于坊子的位置特殊，坊子煤矿集中了相当多的产业工人，是发动工人运动的理想之地。1925年1月，中共"一大"代表王尽美首先来到坊子，点燃坊子的革命之火。1925年8月，中共"一大"代表邓恩铭又来到坊子一带活动，革命之火再一次燃起。在共产党人的领导下，坊子迎来了新生。

8. 昌邑县抗日殉国烈士祠

英雄丰碑家国情

抗日殉国烈士祠，位于潍坊市昌邑市龙池镇北白塔村内，为全国重点文物保护单位、山东省爱国教育基地。烈士祠，为纪念在抗日战

昌邑县抗日殉国烈士祠外景图（李发宁摄）

争中保卫"渤海走廊"而牺牲的昌邑独立营及八路军鲁东抗日游击队第七支队烈士而建。1945年2月奠基，7月竣工，占地15.8亩。祠堂坐北朝南，砖木结构，有正厅五间、东西厢房各五间、大门一间附带戏楼，戏楼屋顶为卷棚式，大门口有三级台阶。整个祠堂采用传统建筑风格，布局严谨，屋檐四角及门楣皆饰以精美砖雕。正厅画檐出厦，有明柱六根。门为双扇对开，门旁各有两扇木格纹窗。祠堂正厅有木质雕花大神龛三座，内供烈士灵牌527个。院内碑亭内有1946年4月中共昌北县委、县政府、建国会、独立营共同树立的"昌邑县抗日殉国烈士纪

念碑"一座，碑阳"浩气参天"为马骏题，背面是寿光、昌邑、潍县三县我党我军牺牲的抗日烈士英名录（319人）。昌邑抗日殉国烈士祠是民国晚期祠堂建筑的代表，也是山东省现存为数不多的中华人民共和国成立前建成的抗日烈士专祠。

有一位退伍军人走进烈士祠，成为英雄的守护者。他就是魏铁良，1952年10月出生，1970年12月参军入伍，1972年1月加入中国共产党，1975年3月退伍，2012年加入义工协会，同年6月受龙池镇镇委、镇政府委托，担任昌邑县抗日殉国烈士祠守祠人，先后荣获"潍坊市模范老人""潍坊市优秀共产党员""山东省优秀共产党员""第七届全省道德模范提名奖""第七届潍坊市道德模范荣誉称号"。当初接受守护烈士祠任务时，魏铁良也曾经有过一些压力。首先，家人不同意，认为每天与烈士牌位打交道，不吉利；另外，他人不理解，觉得他还年轻，还可以在其他岗位上做点事情……魏铁良说，以前烈士祠就在他负责的区域内，每次看到前任守护者陈光聚老人拖着病腿给先烈们上香、打扫卫生时，他都非常感动。所以，当镇领导让自己接替陈光聚老人时，他毅然接过了这副重担。虽然退伍已近四十年，但他每次给烈士上完香后还是习惯敬个军礼，因为他认为守护烈士祠、守护先烈不是为了钱，而是一份老兵的责任。魏铁良说："我接过这个担子，不仅要让先烈们安心，也要让先烈的后人们放心。"他是这么说的，更是这么做的。自从接受守护烈士祠重任后，魏铁良首先对院子中的杂草进行了彻底清除，对花草进行补栽和修剪，对屋檐下因多年雨水冲刷而形成的道道沟壑用砖块进行铺盖，对院内门窗进行了粉刷，使烈士祠面貌焕然一新。魏铁良还不断搜集烈士们的英雄事迹，牢记心中，讲给人们听。

每年清明节、八一建军节、国庆节、春节等节日，社会各界人士都会到烈士祠祭拜先烈。通过瞻仰烈士祠，让参观者接受革命传统教育和爱国主义教育，让人民懂得今天的幸福生活来之不易，将革命先辈们为了祖国和人民"抛头颅、洒热血"的高尚品德和精神境界深深地烙在心头。

（三）历史名迹

1. 田齐王陵

田齐诸君魂归的地方

田齐王陵位于潍坊市青州市与淄博市临淄区交界处鼎足山和牛山之东，北距临淄齐故城 7.5 公里，由程家沟古墓、二王冢和四王冢构成。1988 年，被公布为全国重点文物保护单位。

程家沟古墓是我国最早的大型封土王陵——田齐太公田和冢，位于潍坊市青州市邵庄镇程家沟村南一千米的高岭上。现存封土东西长 190 米，南北长 84 米，高 30 米左右，呈三级梯田状。封土中含有大量石渣，分层夯筑，层厚 0.1 米。据《齐乘》记载："（田和墓）在县西北二十里普通店。"《续述征记》一书记载："太公冢在尧山北五里，平地为坟，高十丈。曾发之者，冢深数十仞，得一铜椁，金玉甚多。"田和，战国时田氏齐国开国君主。公元前405年，任齐康公相国，执齐政。公元前387年，田和在浊泽求魏文侯代他转告周天子，请列为诸侯，周天子准许。公元前386年，田和正式成为齐侯，列名于周朝王室。至此，齐国的姜氏政权完全由田氏所取代。公元前384年，田和去世，谥号齐太公。

田齐王陵（于青华摄）

二王冢位于潍坊市青州市益都办事处张家石羊村北的鼎足山上，就山造墓，方基圆坟，东西并列。东冢圆坟较西冢矮。因山造坟，气势雄伟。《青州府志》等文献均记载，此墓为姜齐国君齐桓公小白与齐景公杵臼之墓。1984年，山东省考古研究所根据二王冢的规模、形制和所处的地理位置，并联系田氏王族世系和古代帝王葬制，进行了稽考，初定为田齐国君田剡与田午之墓。田剡，田齐太公田和之子，公元前383年至前375年在位。田午，田齐太公与孝太妃之子，谥号"孝武桓"，后世多称"田齐桓公"或"田桓公"。《史记·扁鹊仓公列传》中记载的不遵扁鹊医嘱、讳疾忌医的"齐桓侯"即是此人。田午将"养士之风"发展到极致，并创办了稷下学宫，通过稷下先生们的参政议政，巩固了田齐政权。

四王冢在二王冢西南，朱家石羊村北，为田齐国君齐威王、宣王、湣王、襄王之墓。四王冢就山造墓，方基圆坟，墓基相连，东西并列。齐威王，名因齐，公元前356年至前320年在位。他"好为淫乐长夜之饮，沉湎不治，委政卿大夫。百官荒乱，诸侯并侵，国且危亡，在于旦暮，左右莫敢谏"，朝中大夫淳于髡以"国之大鸟"隐语劝诫。齐威王醒悟，杀奸臣，奖忠将，一改往日恶习，日日亲临朝政，齐国大治，诸侯畏服。公元前353年，齐威王出兵救赵，公元前341年救韩，进行了历史上著名的桂陵之战和马陵之战，雄霸东方，成为当时势力强大的战国"七雄"之首。齐宣王是齐威王儿子，名辟疆，公元前320年至前301年在位。齐宣王继承霸业，富国强兵。公元前314年，燕国发生内乱，齐宣王派大将匡章率兵干预，不到两个月就攻占燕国都城蓟（今北京市西南部）。韩、赵、魏等国纷纷到齐国朝见，可见当时齐国国力之强盛。其另一建树是扩大了稷下学宫规模，招揽天下贤士，发展文化教育事业，使稷下学宫达到了鼎盛时期。齐湣王是齐宣王的儿子，名田地，公元前301年至前284年在位。齐湣王即位初期，依仗国力强盛，于公元前288年与秦武王相约，分别称东、西帝。后恐激怒诸侯，取消帝号，合纵攻秦。公元前286年，约楚、魏联合攻宋，尽分宋地。而后转而攻楚军，从而全部侵占了淮北的辽阔土地。接着又入侵三晋，令卫、鲁、邹三君入齐称臣。公元前284年，燕国联合赵、韩、魏、秦伐齐。燕军直抵临淄，齐湣王东逃莒城，并求救于楚，反被楚将所杀。齐襄王是齐湣王之子，名法章，公元前283年至公元前265年在位。齐襄王接受齐湣王的教训，与诸侯修好。但齐国由于经过了几近灭国的战争，国力大伤，地位已大不如前。

田齐王陵气势雄伟，无论是建筑规模、形制、文化内涵，还是文物完好程度、历史研究价值，在国内都是十分罕见的，可与各朝代王陵相媲美，被称为"东方金字塔"。

2. 杞国故城遗址

杞国无事忧天倾

杞国故城遗址位于潍坊市坊子区黄旗堡镇杞城村附近、汶河岸边，东西长约一千八百米，南北宽约两千米，总面积约 3.6 平方公里。杞城、城后、城里、东门口、西门口等四周的村子都是因杞国故城而得名。故城遗址由六部分组成，分别是杞国故城城墙、皇城顶遗址、周家庄子遗址、周家庄子墓地、石佛寺遗址和九女冢。杞城村西约两百米处有一片面积约三百亩的高台地，当地相传为杞国皇城所在地。高台的北侧有 1.5—2.0 米文化层，断面随处可见密密麻麻的灰色瓦片，大抵为战国至汉代的，曾出土有筒瓦、瓦当、陶罐、陶盆、陶瓮、铁镢、青铜剑及砚石等。2013 年，杞国故城遗址被公布为全国重点文物保护单位。

杞国是自夏代到战国初年的一个诸侯国，国祚绵延一千五百多年，国君为姒姓，是大禹的后裔。据《四书通典》记载："杞，姒姓伯爵，禹之后也。殷时或封或绝。武王克殷，求夏禹之后，得东楼公，封之于杞，以奉夏后氏祀。"杞国建国始于夏朝，期间时断时续，具体事迹已不可考。周朝初年，杞国重新建国，自东楼公起，有史料可考的国君有二十位。杞国是小国，史书记载很少，《史记》虽有"陈杞世家"记载陈、杞两国历史，但对杞国的描述只有二百七十多字，且都是历数其君主名号，还特别指出："杞小微，其事不足称述。"晋代史学家杜预曾记载："杞国本都陈留雍丘县（今河南杞县中北部）。推寻事迹，桓六年，淳于公亡国，杞似并之，迁都淳于；僖十四年，又迁缘陵；襄二十九年，晋人城杞之淳于，杞又迁都淳于。"缘陵，在今昌乐县，而淳于即今天黄旗堡杞城村一带。从周恒王十四年、鲁桓公六年（前706），杞国在鲁国的帮助下占领淳于，直到周贞定王二十四年（前445）被楚国所灭，杞国在此建都共计261年。

杞国在几百年间，也流传下来许多传说，其中以孟姜女哭倒杞国城墙的传说最为著名。孟姜女哭长城的传说家喻户晓，在杞国故城却流传着另一个版本：孟姜女姓姜，是齐国贵族的大女儿，也是齐庄公的本家妹妹，后来嫁给了杞国人杞梁。杞梁孔武有力、勇名远扬，而且事母至孝。由于喜好舞枪弄棒，不懂稼穑，家道衰落，在杞国难以立足，杞梁只好带着妻子、母亲来到齐国临淄谋生。公元前550年，齐庄公想重振霸业，出兵伐晋，却无功而返，于是想乘机攻打莒国。杞梁因为勇猛无比，经朋友举荐，作为先锋参加了这场战斗。杞梁屡立战功，最后不幸战死。齐庄公大胜凯旋，准备把杞梁隆重地安葬在临淄郊外，并亲自前去吊丧。这时杞梁的妻子孟姜女说："吊丧有在郊外的吗？这不符合礼法吧？如果杞梁有罪，就不要安葬了。如果没有罪，就请君主把杞梁还给我，我们回老家安葬他。"就这样，孟姜女将杞梁的遗体运回杞国，在杞国城北的公墓停棺三日。孟姜女抚棺大哭，加上当时汶河河水大涨，久泡城墙，杞城的北城墙轰然坍塌。公元前544年，杞国国君的亲戚晋景公集结各路诸侯帮助杞国修复城墙。当时百姓以为孟姜女哭夫哭塌城墙感天动地，这个传说在当地流传下来。

如今，杞国只留下了一片荒凉的故城遗址，也留下了一句成语"杞人忧天"。杞国有个人担忧天会塌地会陷，自己无处存身，便整天睡不好觉，吃不下饭。朋友开导他说："天不过是积聚的气体罢了，没有哪个地方没有空气。你一举一动，一呼一吸，都是在气体里，怎么会担心天会塌下来呢？"杞人说："天如果是气体，日月星辰不就会坠落下来了吗？"朋友说："日月星辰是空气中发光的东西，即使掉下来，也不会有伤害。"杞人又说："那地陷了又怎么办呢？"朋友说："大地是土块堆积成的，没有什么地方是没有土块的。你行走跳跃都是在地上，怎么还担心会陷下去呢？"经过解释，杞人放下心来。这个成语的产生应该与杞国几经迁都有关。

杞国故城遗址（坊子区博物馆供图）

3. 高密故城遗址

王侯国都，郡县治所

高密故城，又称城阴城，位于潍坊市高密市井沟镇城后刘家庄村南，距县城约二十五公里，北邻刘家庄村，东近薛家老庄村，南面后营村，西靠前后田庄村。城址西 2.5 公里是潍河，与诸城接壤，北面不远即为峡山水库。整个城址正处在潍河中游，两面环水，两面为小平原。现为全国重点文物保护单位。

高密故城遗址（现存东北段城墙，王建立摄）

城址南北长 1850 米，东西宽 1950 米，面积 360 万平方米。城墙外有护城河，四周开城门六座，东、西、北墙各一，南墙有三。南墙正中为南中门，两边分设南东门和南西门，与南中门各距五百米，每座门宽约十米。城内纵横四条大道，东门到西门道路最长，将城内分割为前后两区。中间开南北路至北门，又将后城区一分为二。前城区东西开路各通南东门和南西门，又将前城区分为中区大、东西区小的三部分。整个布局分配合宜，对称壮观，充分展现了汉代王城的构建风貌。前区的地面建筑特别密集。前中区发现前后有两座较大的宫殿遗址：前一座东西198米，南北75米，夯土墙基宽4—6米；后一座东西130米，南北60米，夯筑而成，前殿正中有砖铺雨路，雨路两侧各竖一排对称的石柱，直通雄伟的中南门。两座宫殿的东、西、北三面布有许多大小不等的建筑群。居民区主要分布在城北区和城东南区，发现遗址四十多处。城内还有许多手工业作坊遗址，其中冶铁和铸铜作坊尤为突出。整个遗址文化遗产非常丰富，先后出土过大量的五铢钱，原铸五铢三十多枚，汉半两石范两块，货布、货泉、大币千数百枚，还有齐法化、齐之法化、铜剑、铜戈、铜镞、铜镜、大块铜、熏炉、铺首、银质印章、铜质印章、铁锄、铁犁、陶壶、陶釜，以及瓦当和花砖等建筑材料。城西是有名的大河——潍河，这里发生过以少胜多的著名战役"潍水之战"；城东为沟河，城西南侧为龙且冢。另外，古城周边还存有许多汉墓群，大小近千余座，著名的有顷王冢、小妹冢、山阴冢、古王冢、离狐令郑君墓等。墓区曾出土大批画像石，极具文物价值。其中大圈墓区出土的《孙仲隐墓志》尤为珍贵。现今，古城北墙尚存一段西汉初期的残垣，这样的汉代古城遗址，在山东省内并不多见。

据《史记》《汉书》《高密县志》等记载，城阴城始筑于战国。秦置高密县，城阴城为治所。西汉文帝十六年（前164），封齐悼惠王之子刘卬为胶西王，都此。宣帝本始元年（前73），改称高密国，继为都城。东汉建武十三年（37），封司徒邓禹为高密侯，亦都此。魏晋南北朝时期为郡县治所，至北齐废于战火，共存世八百年。

关于高密故城，还有一个凄美的传说。据传，在秦末汉初的时候，城阳和城阴是弟兄二人。弟兄俩分别建了城池，以各自的名字命名，一个叫城阳城，就是现在青岛市的城阳；一个叫城阴城，就是现在位于高密市井沟镇的城阴城遗址所在地。城阴从小我行我素，总是和父亲对着干。父亲深知他的脾气，见城阳修好了城池，就对城阴说："你哥把城池修好了，你也该修了，就修九十九尺吧。"父亲懂天文地理，知道这年百尺河要发九十九尺高的大水。但父亲觉着城阴平时不听话，让他修一百尺，他非修九十九尺不可；让他修九十九尺，他反而会修一百尺。可是，这次父亲看错了他。原来，城阴觉着自己都这么大年纪了，该听父亲的话了，于是让人按照父亲说的，修了九十九尺。到了秋天，百尺河发了大水，城阴城就被淹了。

4. 董家庄汉墓

工艺精湛的汉代石刻艺术

1959 年，安丘市在兴修牟山水库时，在凌河镇董家庄村北发现一座大型汉画像石墓。为配合水库工程建设，1959 年12 月至 1960 年 3 月，山东省文物管理处派员清理发掘。汉

董家庄汉墓（安丘市博物馆供图）

墓坐北朝南，封土早在发掘之前已被夷平。墓顶距地表约 0.1米。发掘完后，汉墓移至安丘市博物馆，现为全国重点文物

保护单位。

　　整座墓葬由墓道、甬道、墓门、前室、中室、两间后室、东耳室、北耳室等部分组成。由于墓葬发掘与水库建设同时进行，墓道未及清理，情况不明。墓葬南北长14.3米，东西宽7.91米，面积70.15平方米。甬道地面用青砖以二顶一的方法平砌，各室地面均以石板铺成。甬道两壁以条石和石板砌成，前、中室四壁的建造先在底部以条石铺设地面，其上再竖立石板砌成，地面突出壁面约0.02米。后室及耳室四壁均直接立在铺地石板上。甬道为券顶，用条石分前后两列砌成。前、中室及后室东西两间均为盝顶，皆用凿有子母口的梯形坡石与长条方形的顶石扣合而成。两耳室为平顶。石头之间均用石灰砌缝黏合，异常坚固。全墓除甬道用砖铺地外，均用石板、石条建成，共用石材二百二十四块，石质大部分为石灰岩。

　　董家庄汉画像石墓建筑技术十分高超，石板选材极为工整，不但建筑所用的平面与立面修凿得平整，而且外面亦修凿得较为平整，说明墓室建筑对所用材料有严格要求。所用石材均为泰沂山脉所产的青石。墓室的建造过程，首先要设计严密的图纸，画出建筑的平面与立面的图示，并且对石材有严格的要求。其次则是开挖地穴，人工挖出需要的空间，然后再进行墓室、甬道的垒砌。最为重要的是该墓的画像石刻，几乎每一块石板上都雕刻有精美纹饰。而此墓之所以闻名天下，主要在其画像石刻。画像题材多样，有反映墓主人生活的车马出行、拜谒、乐舞百戏、渔猎等方面内容，有反映升仙思想的神话人物、奇禽异兽，还有少量的历史故事以及反映生殖崇拜观念的内容。

绝大部分画面的周边有较宽的边饰，这些边饰多达四重或五重，主要为几何纹样，有连弧纹、三角纹、双曲纹、平行线纹、菱形纹等，灵活多变地排列在一起；还有一些边饰较为繁复，有禽兽、灵芝草、云龙纹等，主要分布在后室。有些面积较小的石头，只刻出纵向或横向的花纹带，而没有其他内容。

董家庄汉墓的主人应为孙嵩，字宾硕。《青州府志》称："孙宾硕兄弟墓，在县西南牟山下。"《续安丘县志》记载，元代于钦著述《齐乘》时，寓宿太虚宫，夜梦赵岐告曰："仆有良友葬安丘，其人节义高天下，今世所无也。请载之，以励衰俗。"赵岐所言"良友"即为孙嵩，孙嵩救赵岐的故事在当地民间广泛流传。孙嵩官至东汉豫州刺史，阖门百口，出入车马随从，是当地的显姓大族，与墓主所示社会地位相当。身份和实力决定其营造如此规模的墓葬。据调查，20世纪上半叶，牟山西北牟山观中有孙嵩、赵岐塑像。观南小路一侧，立有孙嵩墓道碑。

关于孙嵩、赵岐，有这样一则故事。汉桓帝时，唐衡等人因为除掉"跋扈将军"梁冀而被重用，成为桓帝心腹宦官，封为万户侯。他们倚仗权势，目中无人，引起士人不满。唐衡的兄弟唐玹作为京兆虎牙都尉，骄横跋扈，赵袭（赵岐的从兄）和赵岐都曾多次贬议。唐玹成为京兆尹后，对赵氏发动报复。赵袭从父赵仲台本为凉州刺史，被唐衡征召入朝后剥夺官职杀死；赵岐长兄赵檠早亡，次兄赵无忌当时为部河东从事，被唐玹所杀；赵岐带着从子赵戬从皮氏（今山西河津）逃亡冀州河间郡，而后到青州北海国，并在此隐姓埋名，卖饼为生。当时孙嵩二十几岁，乘牛车到集市，遇到赵岐。孙嵩看赵岐气质风度不像一般人，于是询问赵岐："是自己做的饼，还是贩卖的饼？"赵岐回答："贩卖的饼。"孙嵩又问："买来多少钱？卖价多少钱？"赵岐回答："买来三十钱，卖价也三十钱。"孙嵩知道赵岐并非凡夫俗子，于是令骑从将其扶到车中。赵岐原本以为遇到了唐氏的党羽，非常恐惧。孙嵩开诚布公，挑明赵岐亡命之徒身份，并且承诺自己在北海"阖门百口"，可以庇护赵岐。于是赵岐将与唐衡、唐玹的矛盾和盘托出。孙嵩果然没有反悔，他把赵岐带回家中，称其为"死友"。欢宴一两日之后，他将赵岐送到别的屋舍，藏在中空的墙壁夹层当中。几年后，唐氏衰亡，赵岐因为赦令重新出仕，被三公府同时聘请，后被推举为并州刺史。因汉献帝东归洛阳时缺少人力财力修复宫室，赵岐到荆州向刘表求援。而此时关东地区战乱不断，饥荒严重，孙嵩就转到相对安稳的荆州避难，寄居于刘表那里。赵岐到荆州求援，与孙嵩再度见面，不由得老泪纵横。赵岐还特意向刘表推荐孙嵩。可惜不久之后，孙嵩就病死了。因为收留赵岐的侠义之举，孙嵩得以在青史上留名。

5. 崔芬墓

精美绝伦的北齐壁画

崔芬墓是 1986 年临朐丝织厂建筑施工时发现。同年 4 月 16 日至 5 月 16 日，省、县文物部门进行抢救性清理。现为全国重点文物保护单位。

该墓平面呈"甲"字形，由墓道、甬道和墓室组成。墓道残长 9.4 米，宽 1.32 米，呈斜坡状，坡度 15 度。墓道北接甬道处，呈微弧面外折，两侧各有一道短土墙，各长 0.65 米。两墙间距 1.45 米，底部呈水平面，与甬道底在同一平面上。甬道南北长 0.64 米，东西宽 1.31 米，高 1.52 米。底部平铺石板，两侧各以一块完整长方形石板竖立在铺地石上作墙，顶部由长方形石板平盖。甬道南口设石门扉两扇。门扉朝外一面凿制粗糙，无任何花纹装饰。朝内一面加工精细，浅浮雕等距离四排各五个菱形或圆形装饰，中部偏外侧凿一小方孔，以安装铁门环。墓室为长条石错缝叠砌，石灰抹缝。平面呈方形，边长 3.58 米。四壁中上部略外弧，壁高 1.94 米处开始向内斗合叠涩，顶部用近方形石板封盖，聚成覆斗形状，高 3.32 米。室底平铺石板。墓室南壁中下部辟设一门通甬道，高 1.43 米，宽 1.37 米。门由横断面呈曲尺形的门楣、立柱、门槛和二门窝石、二门扉组成。墓室北壁和西壁中下部各辟设一壁龛（耳室），龛两侧竖立石板作壁，石板平铺封顶，底铺石板。龛底高出墓室底部 0.02—0.04 米。墓室内西部设置数块石板拼接的棺床，清理前多数石板已被移动位置，故长度不明，宽 0.68 米，高出墓底 0.09 米。

在清理发掘前，随葬遗物已遭建筑施工人员严重扰乱。据了解，原墓室内东壁下放置有一排彩绘陶俑，西南角置石墓志一合，棺床两侧放置青瓷器、陶器等。出土随葬品有青瓷碗一件、青瓷鸡首壶一件、青瓷豆两件、青瓷碗一件、瓷胎碗一件、泥钱三十二枚、铜神兽镜一件、铜铃一件、铜环两件、铜钱六十九枚、铜簪一件、石研磨器一件，另有墓志一合。

墓内出土随葬器物不多，但甬道及墓室内壁满绘壁画，且保存较好。壁画内容包括武士、四神、墓主人夫妇出行以及屏风式构图的"竹林七贤"题材图像。

甬道两壁及墓室四壁、室顶全部粉刷一层薄薄白灰面，然后彩绘壁画。甬道东、西两壁各画一武士，武士圆睁双目，留有短髭须，貌甚威猛。头戴胄，插鹖尾，身着袴褶，披铠甲，腰束鞶革，两臂扎巾，赤足，右（左）手按盾，左（右）手握拳（张掌），并悬挂长剑于手腕上。武士身后和周围，绘有槐树、假山和云朵。墓室室顶下部和四壁彩绘星象、四神、墓主夫妇出行及十七牒屏风。白虎与西方七宿位于墓室西壁上部和室顶下部，绘一位头戴花冠、胸系红飘带女神，御白虎，南向飞行于彩云间。白虎亦昂首跨步，睁目吐舌，有翼，尾后平伸。白虎前有数株槐树，二株较大的槐树间绘一月轮，月中有蟾蜍和捣药玉兔。白虎后有一方相氏和小树。画面上方亦用墨点绘出与白虎相配合的奎、娄、胃、昴、毕、参、觜西方七星宿。玄武与北方七星宿位于墓室北壁上部，并延伸至壁完横额上和室顶下部。绘一位束发戴小方冠、左手执剑、相貌威严的短髭须神人，西向坐于龟、蛇互相缠绕的玄武身上。龟伸颈，首后仰，与绕过神人头后的蛇首相对视。神人前后各三个方相氏，周围有山峦、树木和流云。画面上方亦有墨点绘制的与玄武相配合的斗、牛、女、虚、危、室、壁北方七星宿。崔芬墓的墓主像位于西壁，其构图和仪态与邺城地区偶像式的墓主像面貌迥异，而与文献中记载的两晋南北朝士大夫"左右扶凭""入则扶持""迟行缓步"的仪貌一致。墓室南北两壁和东西披顶所绘有神人驾驭的四神画像，应与升仙观念有关。屏风除南壁东侧两牒空白外，余十五牒绘有"竹林七贤"和荣启期以及舞蹈、备骑、马、树木、假山等图像。

崔芬墓壁画·墓主出行图（潍坊市委宣传部供图）

崔芬墓壁画显示了与南朝绘画艺术关系密切的特征，其中墓主人夫妇出行图与传世顾恺之《洛神赋图》中王者出游行列构图相似；"竹林七贤"题材、构图亦与南朝大墓出土的拼镶砖画类同，而同样的绘画题材和表现手法，在同时期的中原东魏、北齐墓中未见。因此，它很可能是以东晋、南朝的同类绘画为粉本的。

6. 龙兴寺遗址

改写艺术史的千年古寺

1996年10月7日至15日，青州市博物馆在与本馆南侧相邻的建筑工地，抢救清理了著名的佛教寺院龙兴寺遗址所属的一处大型佛教造像窖藏，出土了大批佛教造像，多数形体较大，

龙兴寺展厅（潍坊市委宣传部供图）

包括北魏至北宋五百年间的石、玉、陶、铁、木和泥造像四百余尊，其中以北齐时期石像最多，有佛、菩萨、弟子、罗汉、飞天、供养人等多种题材。造像融合了浮雕、镂雕、线刻、贴金、彩绘等装饰技法，造型生动，线条流畅，具有极高的艺术水准。龙兴寺佛教造像窖藏被评为1996年全国十大考古新发现之一、20世纪全国百项考古大发现之一、全国百年百大考古发现之一。遗址现为全国重点文物保护单位。

窖藏位于龙兴寺遗址北部，即龙兴寺建筑遗址中轴线北部大殿后约七米处。因机械施工，窖藏上部地层已被铲平，从保留的局部地层观察，窖藏上部有三层叠压土层。窖藏开挖于生土中，为一长方形坑，东西长8.7米，南北宽6.8米，窖藏坑底至现地表3.45米。偏东部有一由南向北、长6.3米、宽0.9米的斜坡，偏向东北。斜坡为生土，底距北壁0.65米，应是与窖藏坑挖掘同时所留，或为运放造像之用。窖藏坑底部整修平整，内填花土，未经夯打。

窖藏内全部为佛教造像，摆放有序，大致按上、中、下三层排列摆放，有少量坐姿造像呈立式排放，出土时顶部不在同一平面上。三层摆放的造像均为东西向，高0.7米左右。立式摆放的造像有高有低，方向不一，最高处为一米。造像摆放时，较完整的身躯放置于窖藏中部，各种头像存放于坑壁边缘，较残的造像上部用较大的造像碑覆盖，陶、铁、彩塑泥、木质造像置于坑底。在窖藏中，零星出土一批铜币，应为有意识撒放。斜坡北部东侧，出土一北宋白釉瓷碗。造像顶部，发现有席纹，推测造像掩埋时曾用苇席覆盖。此次清理出土佛教造像种类七种，以石灰石造像为主体，约占石质造像的95%以上，所用石材均为青州产的石灰石。这种造像刻制极精细。汉白玉、花岗岩造像数量较少，但刻制较精。陶、铁造像数量极少，陶造像烧制火候较低，不便于揭取和保存；铁造像均为有坛基的坐姿像，形体较小，且锈蚀严重，保存较差。泥塑造像均为彩塑，埋藏数量不少，但因掩埋时间较长，保存太差，难于清理出土。其中有一尊彩塑极为特殊，用一陶盆承托，高约0.3米，内胎为烧过的骨灰，因挤压严重，从痕迹分析应为一尊佛像。其余彩塑中既有罗汉像，也有佛像。有一尊佛像面部贴金，其螺形发髻内层为小螺形，外层为大螺形，应为修复后改为大螺形所致，其螺髻均为火候极低的陶质螺髻。木质造像数量极少，且木质已朽，仅保存油漆残部。

龙兴寺始建于北魏时期，是一处延续千余年的著名佛教寺院。窖藏坑中的四百余尊各类佛教造像，其中最大的高三百二十厘米，最小的仅高二十厘米。经过考古人员日复一日地整理、拼接、粘接，这些曾惨遭破坏的艺术珍品以崭新的姿态展现在世人面前。其中的佛像精品先后在美国、日本、德国、瑞士、英国、香港、北京、上海等地举办精品展或大型专题展。当人们看到那些面带微笑的佛像、衣着雍容华贵的菩萨、呼之欲出的飞天、生动活泼的护法和多姿多彩的荷莲时，无不被其深深折服。

其中一尊北魏时期菩萨造像尤为精美，被称为"东方维纳斯"。该像高 1.64 米，造像部分冠饰、双臂、披帛肘部残。石灰石质地。菩萨头戴冠，冠前有圭形饰件。冠两侧有较小的如翅，冠带垂至肩部。黑发从额上部向后拢梳后，又从左右侧披下，然后顺肩部下垂至臂上部向上翻卷，肩部有发饰结系住下披的长发。柳叶状眉，双眼半睁，高鼻，小嘴上翘，呈微笑状，重下颌。颈佩圆轮状项圈，项圈下部饰小花坠。菩萨上身袒露，披帛从双肩披下后再向下垂，至下腹部后再上卷至肘间，然后再飘然下垂至脚边。披帛上衬雕刻极为精细的璎珞，璎珞在下腹部结于圆璧上，然后再分成左右两股下垂至腿部向上翻卷。璎珞上身每侧各三节，下身每侧各四节，每节之间用珊瑚、大连珠、蝴蝶形饰件联结。菩萨下穿长裙，裙结系于腰间，裙呈多褶状自然下垂。菩萨跣足立于莲花之上。莲花基座已佚。菩萨造像用平直刀法刻制，线条洗练简洁，贴金、彩绘保留较完整。其中圭形饰件、部分冠带、发饰结、项圈、璎珞、圆璧、裙带上部、裙中部数褶、披帛的局部贴金。头发饰黑色，冠带、长裙局部饰绿，项圈底色、长裙局部饰蓝色，冠、面部、裙带、长裙部分饰红色。

四

民间瑰宝

潍坊是文旅部命名的国家级文化生态保护区——齐鲁文化（潍坊）生态保护区，数千年历史积淀形成了独有而丰厚的文化资源。潍坊风筝、杨家埠木版年画、潍坊核雕、嵌银髹漆技艺、诸城派古琴、高密剪纸等众多极具特色与影响力的非物质文化遗产项目鲜活存续，成为人们生活中的精神力量源泉与独特的文化记忆。在非物质文化遗产的世界中，技艺精湛的潍坊工匠在上百个造物领域巧夺天工，自娱自乐的乡民在田间地头唱不尽乡音乡韵，回味悠长的美食美酒承载了家乡的味道……

（一）巧艺百工

1. 潍坊风筝
问天

在战国时代，公输般（鲁班）曾把竹木削成一只木鹊，木鹊在天上飞了三天也没落下来。墨翟（墨子）知道这事后说："鲁班创造的木鹊没有实际用处，还不如我做的一个小小的车辖有用。"人类永远无法停止对未知的探索，墨子这位具有探索精神的科学家更是如此。后来，墨子用了三年的时间制作了一只木鸢，木鸢飞了一天掉了下来。墨子、鲁班制作的木质飞行器可以说是人类探索蔚蓝天空最早的成功尝试，也是风筝的雏形。木鹊、木鸢以木材作为主要材料，明显不够轻便，不利于放飞。南北朝时期，木鹊、木鸢被人们改良为在木骨架上糊纸而成的"纸鸦"，被敌军围困城中的官员曾利用系着长绳的"纸鸦"传递信息。至唐代，放"纸鸢"逐渐成为一项受欢迎的娱乐活动。宋代始有"风筝"的名称，少年们把风筝作为竞技的玩具，故意把风筝线纠缠在一起，以谁的线先断为输。明代，清明节放风筝已成为习俗。

明清时期，潍县逐渐成为北方重要的手工业城市。发达的手工业为下层民众提供了大量的就业机会，由此市民阶层兴起壮大，市民生活丰富多彩，市民文化繁荣发展。清明放风筝的习俗自然也就在潍县的市民生活中风靡扩散开来，成为人们在春季的一项重要的娱乐活动。潍坊杨家埠村在明清时代以印制木版年画闻名乡里，每年秋收之后到农历春节的这段时间都在风风火火地赶制、销售年画。年后至春耕这段农闲时间里，无事可做的杨家埠人敏锐捕捉到市民的需求，开始利用印制年画的纸张、颜料，绘制、裱糊风筝。早期北方民众就地取材，用北方易得、低廉的高粱秆或河边芦苇秆扎制骨架，但高粱秆或芦苇秆易折且无法弯曲，扎制的风筝骨架只能做平面化处理，做些"八卦""七星"之类的板式风筝。随着市民消费需求的升级，人们也不再满足于平面化的单一风筝。清代北方风筝扎制艺人开始尝试用韧性强、可烧烤弯曲的竹篾作为骨架的主要材料，由此风筝的样式也开始多种多样，硬翅、软翅、串式、筒子等各类风筝百花齐放。杨家埠艺人将"刘海""美人条""童子"等年画题材运用到风筝绘制上，并以画面内容命名，而"刘海"深受民众喜爱，销量最多，老潍县人也将"放风筝"称为"放刘海"；同时，杨家埠人抛弃了传统的绘制画面，运用印制木板年画的技艺印制风筝画面，降低成本，提高产量，一时杨家埠"家家印年画，户户扎风筝"。在杨家埠的带领下，周边许多村落开始制作风筝，潍县成为北方地区著名的风筝生产地。

1983 年 5 月，美国西雅图市风筝协会主席大卫·切克列专程来到潍坊参观考察风筝技艺，邀请潍坊工艺美术所参加西雅图举办的国际风筝会。潍坊工艺美术所计算了一下组织艺人、空运风筝去美国参加风筝会的费用，觉得还不如用这些钱在本地搞一场国际风筝会，转而向大卫·切克列提出在潍坊举办国际风筝会的想法。大卫直摇头，说："美国飞机制造厂就在西雅图，莱特兄弟制成的世界上第一架动力飞机就是从研究巨型风筝开始的。"后来在不断劝说下，大卫表示愿意提供支持。1984 年 4 月 1 日，在潍坊市政府和山东省旅游局的大力支持下，第一届国际风筝会在潍坊成功举办。一场原本要在太平洋东岸举办的世界风筝盛会，在太平洋西岸的潍坊扎下了根。历经四十年发展，潍坊国际风筝会已成为国际知名文化体育盛会，潍坊市"世界风筝之都"的名号也越来越响亮。

放飞潍坊风筝（付明皓摄）

　　放风筝是人类对天空、自由的向往，对未知、理想的探索，放飞的是梦想与创意。在本地文化的影响下，潍坊风筝最重要的特点是不拘于传统，执着于创新，在绘画、糊裱、扎制、放飞上求新、求奇。"龙头蜈蚣"是潍坊风筝的代表作，结合了立体风筝和串式风筝的特色，富有想象力的立体龙头和串式的蜈蚣腰身极具视觉冲击力。每年四月的第三个周六，一只只色彩艳丽、造型各异的纸鸢在潍坊大地上迎着东风飘起，争奇斗艳，诉说着人们的梦想，发挥着人们的想象。

2006 年 5 月，潍坊风筝入选第一批国家级非物质文化遗产代表性项目名录。

2.潍坊年画

画年

东汉时期开始盛行挂桃符的风俗——新岁在门口挂上刻写或绘画神荼、郁垒两位神将的桃符，用以驱邪避灾。后来，桃符上神荼、郁垒的名字逐渐演变为对偶的吉祥诗句，即对联；而神荼、郁垒的画像也演变为各类各样的画作，即年画。从桃符到年画，其本质从始至终都未改变，都是人们美好愿望的艺术表达。"麒麟送子""发财还家""莲年有余""喜报三元"……人们把所期望的一切表现在年画中。不同地区的年画生产方式与艺术特色各不相同，同在潍坊地区的寒亭杨家埠、高密东北乡，其年画也各有特色。

潍坊市区东北三十里寒亭区西杨家埠村村民自明代开始便以雕版印刷年画为生。在数百年的时间里，同顺堂、太和、公茂、恒顺等上百家年画作坊兴盛又衰落，而位于杨家埠大观园的"吉兴号"年画作坊建于明崇祯十三年（1640），房屋十一间依然保存完好。在秋冬印制年画期间，杨家埠户户灯火通明赶制年画，每年用掉的画纸有两千件（500 张 / 件），年画产量多达百万张。每日来往的客商熙熙攘攘达上千人，供客商歇脚留宿的客店有几十家。当地有民谣："丰收太平年，画业立得全。发了杨家埠，置了好庄田。"

杨家埠年画的内容题材丰富多彩，有神像、祈福迎祥、消灾除祸、美女娃娃、男耕女织、小说戏曲、神话传说、山水花鸟、飞禽走兽、时事新闻、讽刺幽默等等，其中喜庆吉

杨家埠木版年画之门神（潍坊市委宣传部供图）

祥是最重要的主题。在画面上，杨家埠年画构图完整、饱满、匀称，造型夸张、粗犷、朴实，线条简练、流畅，色彩鲜艳、对比强烈，富有装饰性，具有浓郁的乡土生活气息。从大门上的门神、影壁墙上的福字、房门上的美人童子到中堂、炕头画，从窗户的月光画、窗旁、窗顶到栏门、大车、粮囤上的专用年画，可谓无处不及，将农家院落里里外外打扮装饰得年味十足。

位于潍坊市区东南六十公里的高密东北乡不仅是诺贝尔奖获得者莫言笔下的红高粱故乡，也是扑灰年画、半印半画年画、木版年画的重要产地。明代高密艺人受庙宇壁画以柳木炭条起稿创作的影响，在画年画时用柳木炭条起线稿，再用画纸在线稿上扑抹"复印"，可以扑出数张炭灰线稿。最初的扑灰年画极似文人画，民众称之为"老抹画"，以水墨为主，画风典雅，题材也是山川流水、鱼鸟花卉之类的墨屏画。岁月流淌，文人气息沉重的扑灰年画在市民文化与消费取向的影响下，大胆借

鉴天津杨柳青年画和杨家埠年画对色彩的运用，逐渐以色代墨，向艳彩浓色方向发展，形成线条豪放写意、格调明快的特色，后人称之为"红货"。但"老抹画"一直受到部分人群的喜爱，有歌谣唱道："墨屏墨屏，案头清供。婆娘不喜，老头奉承。货卖识主，各有前程。""红货"的市场更为广阔，同样有歌谣唱道："红绿大笔抹，市上好销货。庄户墙上挂，吉祥又红火。"

扑灰年画相比于手绘年画，已然删减了许多步骤，节省了制作时间，降低了绘画难度，但依然需要高超的绘画功底与较长的绘画时间，导致价格高昂，在年画市场上属于高端消费品。在中低端市场需求下，扑灰年画衍生出两种年画技法：半印半画年画与木版年画。半印半画年画不再扑灰线稿，而是直接使用印制的刻板线稿，依然用扑灰年画的绘画技法，绘制效率相对提升，主攻中端市场；木版年画则完全使用木版印制，在色彩、线条的处理上有独特的高密特色，可以批量流水印制，主攻低端市场。可以说，中国大地上唯有高密东北乡有技法不同却又风格统一的年画艺术体系，扑灰年画、半印半画年画、木版年画分别对应着年画技艺的发展阶段，也对应着不同的消费人群。高密年画的生产与销售在清末时期一度与杨家埠年画旗鼓相当，扑灰年画至今仍是胶东乃至东北地区祖影（俗称家堂轴子）首选的艺术形式。

年节寄托着华夏民族在大自然四季更替结束后对一元复始、万象更新的希冀，对未来的期许，对世界重新焕发生机的庆贺，而年画正是这些希冀、期许、庆贺的艺术表达之一。所以说，年画是年节的产物，也是民众对年节的绘画。如今，当我们翻开一张张纸张泛黄、色彩艳丽的年画，年画的画面却是过年的景象：忙活完扫房子、磨豆腐、蒸馒头、杀鸡宰羊这些准备活动后，父母、兄弟、姐妹刷好糨糊，将各式各样的年画贴在门、窗、墙各处，用刷子或小扫帚轻轻扫平粘好；在一声声的爆竹声中，小孩子们穿着新衣，拿着红包，喜气洋洋。绚丽多彩的年画点缀了中国年俗，也装饰了人们的梦，记录着一代又一代人们平凡的生活。时光荏苒，现代生活方式冲淡了年节的年味，而古老的年画也正在淡出我们的生活，但是那份醇厚的回味却依然留在了我们的记忆深处。

2006 年 5 月，杨家埠木版年画、扑灰年画入选第一批国家级非物质文化遗产代表性项目名录；2009 年 9 月，高密半印半画年画入选第二批山东省省级非物质文化遗产代表性项目名录；2021 年 11 月，高密木版年画入选第五批山东省省级非物质文化遗产代表性项目名录。

3. 潍坊嵌银髹漆技艺

陈介祺的盒棬

晚清潍县（今山东潍坊）是金石学研究重镇，人才辈出，引领学术风潮。其中，潍县金石研究的代表人物是陈介祺。陈介祺，字寿卿，号簠斋，道光二十五年 (1845) 进士，官至翰林院编修，嗜好收藏文物，铜器、玺印、石刻、陶器、砖瓦、造像等无所不收，且精于鉴赏、金石文字考证、器物辨伪，所收藏的器物无不是真品、精品。

陈介祺从不藏私，不论良师益友还是贫苦学子，不论古董商人还是家中技工，都愿意与其切磋，指点、教授金石学问，带领他们遍观家中所藏。因此，陈介祺周围形成了一个影响很大的金石学术群体，有古董商帮他搜集有价值的金石文物，有金石学者与他探讨学术，有良工巧匠帮他拓印、绘图、篆刻。姚学桓是陈介祺身边诸多工匠中比较重要的一位，在绘图、错金银上技艺水平高超，帮助陈介祺绘制了许多金石文物的复原图。陈介祺还曾书写"错金作字，拓古为图"的联对赠予姚学桓。姚学桓家贫，所以陈介祺常常向自己的好友"强行"推荐购买姚学桓绘制的金石复原图、拓片等。所谓"强行"，就是陈介祺在与好友的信件中附上姚学桓做的复原图、拓片等等，跟好友说："我有几件特别好的金石器物跟你一起分享，让绘图能手姚学桓帮忙做了拓片、复原图，随信一起寄过去了。但姚学桓家里比较贫困，也不能白帮忙绘图拓印，看着赞助点吧。"可以说，陈介祺不遗余力地帮助姚学桓，姚学桓也不负陈介祺的栽培与帮扶。他遍阅陈介祺所藏历代精美金石文物，眼界大开，技艺突飞猛进、日益精湛。

陈介祺对盛放金石藏品的盒椟颇为重视，常常在与好友的信中谈及盒椟的制作，从材料到设

寒雀图观音瓶（张兴伟摄）

计再到制作都详细论说，和手艺精湛的姚学桓也多次探讨。在此影响下，姚学桓在为陈介祺修复文物，为古玩配制底座、撑架、木楔等的过程中开始尝试创新技法。同治年间，他参考汉代金银错器物，创意出新，与拓裱艺人田镕叡一起，将铸铜工艺中的金银错工艺与硬木加工工艺嫁接结合，创造了在木质器具上镶嵌金银丝的独特工艺。其工艺流程为：一，设计图案，包括造型、纹样，纹样一般采用中国画的白描形式，有山水、花鸟、仕女和三代青铜器花纹；二，选材，选用本地枣木、云南檀木、楠木、海南黄花梨等硬度高、木质细腻的木材，一般用红木；三，胚胎制作，将选好的木材，用锯、刨等工具解料，开榫、下卯、成型、雕刻；四，拔丝，将金、银锻打后拉成细丝；五，嵌银，将嵌银图稿铺在制品上，刻出细槽，将金丝或银丝镶嵌在细槽里，用小锤砸紧压实，再将嵌丝的成品打磨光滑；六，上漆，对器具上色上灰后，再上七遍大漆，最后将金银丝上的漆色去除。姚学桓根据各种文物的色泽和造型制作红木嵌银的匣楗、底座、撑架，与古文物珠联璧合，又用红木、花梨、紫檀等珍贵木料雕琢出鼎、彝模型，并嵌上金银丝作图案与青铜器鼎彝文饰相一致，受到文人的赞赏，风靡一时。

深知嵌银漆器价值的陈介祺，为了使这一独特的技艺流传下来，动员自家雇用的拓裱匠田镕叡的两个儿子田子正、田智缙拜师姚学桓，学习制作技术。天妒英才，姚学桓于四十余岁英年早逝。陈介祺将其所藏古彝器一一让田氏兄弟钻研，使其嵌银技艺日益精湛。嵌银漆器技艺在田子正、田智缙兄弟的手中继承发展起来。他们制作的工艺品，受到了人们的高度赞赏。

光绪末年，田智镅与儿子田循宽（字益斋）在潍县东门开设了第一家嵌银铺子——扣雅斋，专营嵌银产品。1916 年，雅鉴斋店主田皎叡一直未收徒，考虑到无人继承，与刘金第商讨对策。1917 年，刘金第与弟弟刘金符创办桐阳山馆，聘请田皎叡为技术指导，传授技艺，陆续收徒四十多人。许多人学成后，自己成立作坊，开店经营。潍县嵌银漆器作坊就如雨后春笋般竞相建立起来，先后打出旗号的有：田晓山、田菊畦的雅鉴斋（济南），荣兴成、于光海、时丰年的立兴成，郭兰村、郭椒林的松荫斋，以及际兴成、合兴成、吉兴泰、公茂福等二十多家，分部设到北京、济南、青岛、丹东等地。当时嵌银的主要产品有花翎盒、朝珠盒、烟枪、烟灯等十几个品种，发展到后期逐渐增加，产品分类有文具如墨盒、图章盒、笔筒、磨床、砚台盒、砚台盘、砚水盂、印泥盒、镇纸、围棋盘、看盘，各式手杖如鸠杖、百寿杖，家具如各式茶几、橱、床、桌、椅、屏风、画屏、博古架、花架、梳妆台、挂联。

潍坊嵌银髹漆技艺于 2006 年 12 月入选山东省第一批省级非物质文化遗产代表性项目名录，2007 年 3 月入选潍坊市市级第一批市级非物质文化遗产代表性项目名录，2011 年 5 月入选第三批国家级非物质文化遗产代表性项目名录。

4. 潍坊核雕

方寸之间

明代学者魏学洢的《核舟记》详细描述了明代天启年间核

雕艺人王叔远用桃核雕刻的作品——核舟，四百年后，这篇文章入选初中课本，使国人尽知核雕这一传统技艺。王叔远的核舟表现了苏东坡、黄庭坚、佛印三人夜游赤壁的场景，在一个不到一寸的桃核上雕刻了一条小船，船上有五个人物，八个窗户，对联、题名三十四个刻字，箬篷，舟楫，围炉，茶壶，手卷，念珠等等，巧夺天工，精妙绝伦！

潍坊的核雕艺术与王叔远的核雕技艺一脉相承，在全国独具一格。清末有位名叫张大眼的艺人，在宫廷因刻朝珠、念珠、手串、佛珠等名噪一时，后因故流落山东。潍县人都渭南在诸城贩卖皮货时，看到张大眼在街头卖艺乞讨，面容憔悴，衣衫褴褛。都渭南看他可怜，又是能人，于是慷慨解囊，资助了张大眼些钱两。张大眼感激之余，把核雕技艺倾囊相授。都渭南回到潍县老家后一直务农，但仍不忘研习核雕技艺，终至大成。他的儿子都兰桂聪明好学，从小耳濡目染，对核雕也是情有独钟，制作的核雕作品布局简洁朴实，雕工精细有神韵。1915年，丁怀曾携都兰桂的核雕作品"马拉轿车"赴美国旧金山参加巴拿马万国博览会，一举夺得最优等奖牌。

考功卿（名勤绪）与都兰桂的儿子都洪英是好朋友，见识了都兰桂的核雕绝技，因此想跟随都兰桂学习核雕。都兰桂觉得考功卿厚道真诚、有情有义，因此收他做了义子。考功卿搬进都兰桂家随师父学艺三年，后出徒离开都家，干过账房，在扣雅斋做过篆刻，"七七事变"后参加抗日队伍，新中国成立后加入潍坊市工艺美术研究所从事工艺美术工作。1955年4月，周总理曾亲自派人来潍坊工艺美术研究所了解核雕情况，并指示四个月内刻成七件作品，作为国礼送给外国友人。考功卿接到指示后，废寝忘食刻了《西厢》《八骏图》《嫦娥奔月》《红楼》等七件礼品送到中央。中央接到考功卿的作品后，来信给予了高度赞扬。其后，考功卿的作品曾多次被政府赠送给罗马尼亚文化部部长、苏联将军等外国来访官员。

题材广泛的核雕作品（张景国摄）

1962年，王绪德从工艺美术学校毕业后被分配到潍坊市工艺美术研究所，成为考功卿的徒弟，学习核雕技艺。其后，王绪德与师父考功卿合作雕刻的《百万雄师过大江》名噪一时，精细地雕刻了十八名握有武器、弹药、冲锋号的战士，颂扬了解放军战士斗志昂扬、勇往直前的精神。1984年，考功卿退休前拿出一个椭圆形木刻印底的核章，上面雕塚有"孟浩然骑驴过小桥"的画面，对王绪德说："这是都兰桂师父精心布的局，我用心刻成的，你把核章刻上印底，让这枚核章成为我们师徒三人的共同之作。"之后，王绪德一直未敢动刀，直至2008年潍坊核雕入选国家级非遗名录时，方将"中华核雕万代传"的印文刻于这枚核章上，边款题："师祖布局，考刻之与余刻印款，意在千古之志也。今悉获国之非遗，吾三代愿之大胜矣。"
这枚核章见证了三代核雕艺人的坚守与传承，也象征着潍坊核
雕的薪火相传、继往开来。

一枚小不盈寸的桃核，艺人根据其形状、质地，因材施艺，
精心雕镂，达到精巧玲珑、出神入化的境界。潍坊核雕艺人巧
妙地利用桃核上纵横无序、深浅不定的麻纹，雕刻出栩栩如生
的景物、形象，如马拉车、舟楫、花鸟鱼虫等立体造型；用浮
雕形式刻化历史人物、神话故事等内容，如水浒故事、红楼人
物、天女散花、嫦娥奔月等。潍坊核雕主题突出，概括性强，
观赏作品玲珑精巧，把玩作品浑朴亮丽，佩带作品装饰性强，
核雕印章别具风格。潍坊核雕作品于方寸之间表现事物百态，
细微之处尽显博大胸怀。

2008 年 6 月，潍坊核雕入选国家级非物质文化遗产代表
性项目名录。

5. 高密剪纸

民俗生活里的剪纸

剪纸艺术萌芽于造纸技术发明之前的时代，脱胎于商周时
代人们通过雕、镂、刻、剪等技法在金箔、皮革、绢帛上做出
的纹样。新疆吐鲁番火焰山附近出土的南北朝时期五幅团花剪
纸是中国现存最早的剪纸实物。唐宋元明清，随着朝代变换、
历史发展，剪纸在中国大地上处处绽放花朵，成为中国民间艺
术的美丽印记。

在五彩缤纷的剪纸艺术天地里，高密剪纸尤为别具一格。高密剪纸是胶东剪纸中最有特色的一派，与当地的民间风俗息息相关，以精巧的构思见长，有浓厚的生活底色，寄托着人们的美好愿望。高密剪纸不像年画那样只能在春节张贴，可以在出生礼、婚礼、寿礼、元宵节、端午节等各类民俗场面上点缀。

春节期间，高密地区家家户户都会贴剪纸，有影壁墙上的福字灯，有屋内顶棚上顶棚花，有窗户上的窗花、角花，有馒头上的馒头花，有鞋垫上的鞋花，有门顶上的过门笺等，其中最有趣味的是窗户顶上的"斗鸡"。"斗鸡"窗花是一对由头、身、尾三部分组成的斗鸡，分别用两根线穿在一起。穿好以后，将窗户中间的窗棂上贴上一枚有孔的铜钱。铜钱的孔一般要比窗棂粗，这样就会在这根窗棂的两边露出孔眼。四根扯"斗鸡"的线透过窗棂两边的孔眼扯到窗户外面（从钱孔中穿过去寓意"招财进宝"），然后用钉子固定在一处，拴在一起。每当有风吹动的时候，两只小鸡就会互相碰撞，似是在嬉戏玩耍，相互争斗，极其惹人喜爱，所以称为"斗鸡"（谐音"都吉"）。

高密婚礼中对剪纸的运用自不用说，在婚礼当天，目之所及，皆是红红的剪纸。结婚后小孩出生第三天，男方要到女方家送九个或十二个馒头报喜，表达喜悦之情。送喜的馒头上面要贴牡丹、荷花、石榴等图案的饽饽花。做好的饽饽得用笓笓（当地一种柳条编的容具）盛放，外面贴一个大大的红双喜剪纸。六天或八天以后，女方要到男方家"回喜"，送染红的鸡蛋与花饽饽，同样要用各类寓意美好的剪纸装饰。已育妇女常常剪一些"老虎奶孩子"图案：一只威武雄壮的大老虎，腹下有一个憨态可掬的小孩子在吮吸虎乳。这源于民间"龙生虎奶"故事。在山东，"龙生虎奶"故事有许多版本，而高密地区最精彩的版本莫过于莫言从小听爷爷讲的"龙王虎奶楚霸王"的故事："秦始皇东下

高密剪纸传承人李金波作品《传统吉祥节日》（部分）
（李金波摄）

视察时，梦中与东海龙生之女交合。秦始皇无牵无挂地走了，那龙女却身怀六甲。后来竟产了一个胖小子。龙女可能考虑到此子名不正言不顺，无法在宫中养活，便弃之荒山，一母虎以乳哺之。这男孩便是楚霸王。"可以说，每一张剪纸背后都有故事可讲，高密剪纸背后有高密独特的故事。

家中老人寿辰时，妇女要剪"老寿星""耄耋富贵""桃献千年"。元宵节要剪灯花，灯花在高密茂腔的代表剧目《东京》片段《赵美蓉观灯》中有完整表现："鳞刀鱼，赛银叶，旁边走的蟹子灯，扭扭嘴的海螺灯，一张一合的蛤蜊灯，蹦蹦跶跶的蛙子灯，龟呱龟呱的蛤蟆灯。"端午节剪"鸡吃蜈蚣""鸟吃毒虫""鸡吃蝴蝶"……高密剪纸源于生活，源于民俗，源于民众，故其艺术特色也如高密群众一般：不求精雕细琢，讲究神似，线条刚劲挺拔，造型稚拙粗犷而不呆板，夸张变形而

不失真，粗犷中见清秀，稚拙中藏精巧。

2008 年 1 月，高密剪纸入选第二批国家级非物质文化遗产代表性项目名录。

6. 聂家庄泥塑

有声有色的泥叫虎

高密流行着一个传说：一个老财主喜欢上了本村一个年轻的小姑娘，想纳人家为妾，扬言若不同意，就派人去抢回来。姑娘家里的人哭天抢地，痛不欲生，却没有任何办法。就在这时候，从南边来了一位老道士，送给姑娘一只泥老虎，让她供在屋里，说是可以驱灾辟邪，躲过这场灾难。果然，财主的家仆来抢亲的时候，就听到屋中有老虎嗷嗷地吼叫，吓得什么都顾不上就跑了。从那以后，老虎逐渐成为当地最受欢迎的保护神。乡亲们不管有钱无钱，都要去请一只泥老虎放在家中。孩子们的帽子也缝成虎头小帽，鞋子做成虎头鞋，衙门的肃静牌上绘上龇牙咧嘴的老虎脸，五虎上将关羽的椅子上铺上了老虎皮。

聂家庄泥塑国家级传承人聂希蔚作品《泥叫虎》（王金孝摄）

这个故事讲的正是聂家庄泥叫虎的来历。

聂家庄的泥

叫虎头大腿粗，竖眉瞪眼，大嘴微张，额头涂上朱笔的"王"，胸挂桃红牡丹花，昂首踞立，威风凛凛又憨态可掬，在前后的推拉下发出咕嘎咕嘎的叫声，可谓有声有色。泥叫虎分为前后两部分，既便于制模磕坯，又方便腹中插双向的芦苇哨，中间用皮革连接。同时老虎的头部造型夸张，科学地利用了老虎的嘴部作为哨子的空气出入孔。当前后部分拉伸又挤压时，空气流动吹动苇哨发出声音，哨音又在老虎硕大的头腔内部形成共鸣，经虎口传出，声音低沉浑厚。聂家庄艺人在形象的设计上对老虎做了抽象的处理，让凶猛无比的老虎变成了稚拙可爱的形象。叫虎、叫鸡、摇猴被称为聂家庄泥塑的"老三样"。小叫鸡的肚子底下也有一个芦苇哨，用嘴一吹，会发出公鸡打鸣似的声音；小摇猴一对杏仁眼，噘着尖嘴巴，用手抓着下半部分轻轻一摇，猴子摇头晃脑，吱吱哇哇地叫。泥叫虎造型可爱，色彩亮丽，寓意吉祥，既可以作为孩童们的玩具，也可以摆放在家里装饰，因此成为聂家庄泥塑的代表，风靡城乡，经久不衰。

高密当地有句俗语说："聂家庄朝南门，吃了古扎（高密方言，水饺的意思）捏泥人。"泥老虎的形象憨厚可爱，叫声洪亮威武，极受儿童喜爱。春节前后，高密地区的民众都会买一件聂家庄泥塑回家给小孩子玩，祈望老虎庇佑孩子平安健康成长，这已经成为当地的习俗。老百姓欢度春节的时候，也是聂家庄艺人最忙碌的赶工时节，吃完水饺后，就赶忙去捏制泥人了。每年大年初一的早晨，聂家庄人全家分工，背扛车带，在街头巷口叫卖。新年里孩子们手里有磕头钱（压岁钱），货卖得会比平常多好多。在这个全民欢庆的日子里，只要在街头、巷口、戏台旁一摆，叫虎、叫鸡、摇猴一响，穿着新衣的孩子们就会马上围上来，挑选自己喜欢的玩具。大人们也会挤在周围，挑选可以镇宅的老虎、狮子用来装饰屋子。威武的泥老虎、精灵可爱的摇猴和惟妙惟肖的叫鸡，总是艺人摊子上最受欢迎的玩具。造型可爱、颜色鲜艳的聂家庄泥塑受到了全国各地人民的欢迎。每逢传统节日，聂家庄泥塑的外销情况更是异常火爆。很多聂家庄人除夕夜吃完饺子就会登上去青岛、烟台的火车，或者直接蹬着三轮车去胶州、平度、潍坊等地展卖，还有人专门来高密的市集买聂家庄泥塑。当地有童谣唱道："小孩小孩你别哭，恁（你）爹上了登州府。花啦棒、泥老虎，咕嘎咕嘎两毛五。"

2008 年 1 月，聂家庄泥塑入选第二批国家级非物质文化遗产代表性项目名录。

7. 青州红丝砚

名砚之首

潍坊的青州市邵庄镇黑山和临朐县冶源镇老崖崮出产一种石材，因为其斑斓的色彩、蜿蜒的丝纹而得名红丝石。红丝石质地有黄地、橘黄地、红地、紫红地、紫地、青白地等，丝纹颜色有红、黄、粉红、褐、紫、灰等；也有无丝纹而纯红、纯黄的，或者没有丝纹却有粟米点、墨点的红丝石。丝纹的形状有的似林木，有的似月晕，有的像山峰，有的像云霞，有的像花朵，多红地黄丝，或黄地红丝。今青州市、临朐县两地在历史上都隶属青州，因此统称为青州红丝石。

红丝石形成于4.5亿年前，是在一定地质条件下形成的泥质灰岩，呈微晶结构，夹层理构造。青州红丝石经过打磨后，温润，光滑，细腻，极适宜用来制作砚台。清代学者汪春煦在《寿石斋砚谱》里说，红丝石与其他砚石不同的地方有五点：一，温润、光滑、明亮的砚石

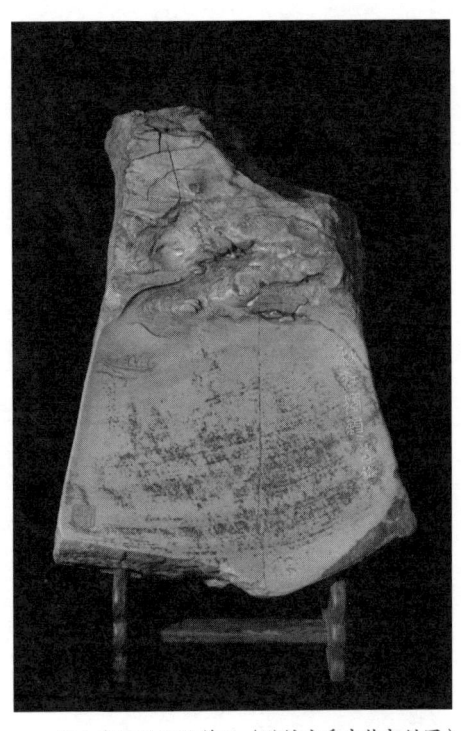

黑山老坑秋江独钓砚（潍坊市委宣传部供图）

品质已足够好了，但红丝石加点水湿润会有"滋液"出来，试着研磨墨，像黏黏的油膏；二，一般的砚石与墨研磨发墨依靠的是石头质地的坚固，但红丝石常有膏润泛出，研的墨凝固后像漆一般；三，其他砚石用完后，不用过一晚上，吃顿饭的工夫，墨就会干，但红丝石平时用完后用匣盒装起来，数十天都不会干，到了晚上在水汽的蒸腾下，就像淋过雨一般；四，用红丝石研墨有墨香，浓郁扑鼻，数日不散，香气宜人；五，红丝石纹路清晰，坚硬似金，质地胜玉。汪春煦所说虽有过度美化红丝石之嫌，但红丝砚确实与众不同。

在唐宋时期，青州红丝石制作的红丝砚被众多书法家、学

者誉为"名砚之首"。北宋文学家、政治家欧阳修的《砚谱》说"以青州红丝石为第一"。北宋学者苏易简在《文房四谱》中写道:"谱中载四十余品,以青州红丝砚为第一,端州斧柯山石为第二,歙州龙尾石为第三。"北宋砚台收藏家唐询在《砚录》中对红丝砚大加夸赞说,红丝石细密紧致,极其妍丽;如果用金属敲打,声音清脆悦耳,如果不是亲耳听到,根本想象不到有多美妙……他说,若有幸得到一块黑山红丝砚,端砚、歙砚等其他名贵砚台都会被认为是多余的,再也不想看到。唐询与汪春煦一样,都是红丝砚的忠实粉丝。许多文学家、书法家都以得到一块红丝砚为荣,如喜欢书法的乾隆皇帝便有好几块红丝砚,他钦定编纂的《西清砚谱》收录有三块红丝砚,一名"旧红丝石鹦鹉砚",一名"四直砚",一块则是清宫内务府造办处制作的红丝砚——"御制红丝石风字砚",砚上刻有铭文:"石出临朐,红丝组锦。制为风字,宣和式审。既坚以润,腴发墨沈。虽逊旧端,足备一品。"红丝石如同一个个跳动的音符,不停地拨弄着文人骚客的心弦,而红丝砚制作技艺就像一段优美的旋律,使美丽的石头唱出婉转动听的歌。

红丝石只有青州黑山与临朐老崖崮有少量分布,其他地方从未发现。红丝石开采难度大,加之存量与开采极少,使许多学者误认为石脉矿藏已枯竭。其实从古至今,红丝石的开采一直在进行着。青州黑山采红丝石的洞口石壁上有"大唐中""大元至正元年""洪武二年""弘治十年""大清乾隆""道光二年""同治三年""光绪三十四年""民国十四年"等刻字,应该是历代采石时所刻,说明历代都有青州红丝石出产。现今,当地政府对红丝石开采进行严格管理，有效阻止了红丝石矿的破坏性开采，亦使红丝砚一砚难求。

红丝砚制作技艺于 2013 年 5 月入选第三批山东省省级非物质文化遗产代表性项目名录。

8. 柳疃丝绸

野性的山绸

柞蚕，古称春蚕、槲蚕、栎蚕，也叫山蚕、野蚕，是一种吐丝昆虫，因喜食柞树叶得名。柞蚕的茧也叫山茧。柞蚕茧可缫丝，柞蚕丝织成的绸称柞丝绸、茧绸、山绸、山茧绸、土绸、山东绸、府绸等。中国是世界上最早利用柞蚕和放养柞蚕的国家。《尚书·禹贡》："海岱惟青州……莱夷作牧，厥篚檿丝。"称青州的莱夷出产"檿丝"。北宋苏轼曾任职登州（今山东蓬莱）、密州（今潍坊诸城），对胶东半岛的风土人情颇为了解，在注解《禹贡》"檿丝"时说："《尔雅》：'檿桑，山桑。'惟东莱出，此丝以织缯，坚韧异常，莱人谓之山茧。""檿丝"即柞蚕丝织品。上古时期，莱夷居住于胶东半岛，对于柞蚕丝的利用或早于商代。可以说，胶东半岛是柞蚕丝的原产地。

桑蚕细小可爱，体表光滑；柞蚕体形胖大，体表上还有长长的绒毛，长得比较像毛毛虫，让人生畏。与桑蚕丝相比，柞蚕丝具有明显的野性，主要表现在四个方面。一，桑蚕与柞蚕的丝茧也如同它们的外表一般，桑蚕茧较小，一般是纯白色；柞蚕茧较大，五颜六色，灰色、褐色居多。二，桑蚕丝纤维纤细光滑，粗细均匀，有光泽；桑蚕丝绸丝质光滑，触感滑腻，柔软贴身，色泽典雅。柞蚕丝纤维上有许多小疙瘩，比较粗糙；柞丝绸触感相对涩硬，色泽发黄。三，桑蚕丝是长纤维，有很强的弹力与韧性，延伸十倍也不易断，在缫丝、纺织时不容易断裂；柞蚕丝纤维较短，弹力与韧性差，因此在缫丝与纺织时容易断裂。四，桑蚕丝不含黄色素，易于漂洗染色；柞蚕丝含有天然黄色素，古人通过草木灰水浸泡（灰丝）无法去除黄色素，即使染上华丽的颜色，时间一久也会逐渐发黄。

柞蚕茧往往比桑蚕茧大，且颜色各异（有黄、绿、红、白等不同色），唐代以前的士大夫认为是祥瑞，被史官记入史书。晋代已有"柞蚕"的名称与相关织造技艺的记载，晋人郭义恭《广志》："有柞蚕食柞叶，可以做绵。"此时，人们也只是把柞蚕茧撕扯为丝屑作为衣服的绵絮，而不用于纺织。宋代开始，从帝王到士大夫方才逐渐意识到，柞蚕作茧是正常的自然现象。明清时期，用柞蚕丝织成的茧绸逐渐开始在民间流行起来，如《红楼梦》第四十二回，王熙凤赠送了刘姥姥几件礼物，其中就有"两个茧绸"，平儿说"做袄儿裙子都好"。柞丝绸虽不如桑蚕丝绸美观，但也有许多优点，如结实耐用，耐脏易洗，价格相对便宜，穿着舒适，因此受到广大平民与中产阶层的喜爱，畅销于明清时代。

潍坊山区地带气候湿润，山地不滞水，适合柞树生长。适宜的地理环境和丰富的自然资源使潍坊南部山区成为柞蚕茧的主要产地之一。清代中后期，昌邑开始从南部山区进柞蚕茧原料，组织农户加工织绸，借用原来昌邑布商的销售渠道，逐渐销往全国，乃至全世界。特别是道光末年昌邑手工业者发明木质脚踏纩车后，柞丝绸的生产力与质量得到明显提高，柞丝绸产业兴起。从 19 世纪后半叶开始直至 20 世纪 80 年代，昌邑各乡镇"户户有织机，村村有半屋（半地下室机房）"，几乎家家户户都从事柞丝绸织造相关工作。农闲时节，绝大部分农户都为绸店做兼职的缲丝、织造等工作；家中

昌邑市柳疃丝绸文化博物馆丝绸生产场景（潍坊市委宣传部供图）

男性长辈从事织造工作，女性与孩童则从事缲丝、漂制工作，织柞丝绸成为昌邑民众获得额外收入支撑家庭的主要手段。当地流传着一首民谣："唧啾咯噔织，两天织一匹。五天一个集，卖了籴粮吃。"

清末王元綖《野蚕录》："今之茧绸，以莱为盛。莱之昌邑柳疃集，为丝业荟萃之区，机户如林，商贾骈集，茧绸之名，溢于四远。"昌邑人从原料采购到人工漂丝、织绸，形成了完整的柞丝绸手工业生产体系。清代末年，昌邑织茧绸的织机约占山东织机总数的 60%，昌邑的柞丝绸交易额（每年）约一千万两，约占山东总交易量的 60%，约占全国总交易量的 48%。1933 年，曾同春在《中国丝业》中说道："茧绸产地以山东为第一，山东重要产地首推昌邑。"昌邑临海，便于海上

运输，同时也是陆运交通枢纽，素有"胶潍走廊"之称，处于山东半岛之要冲，为从登州、莱州到北京的必经之地，是海上丝绸之路的出发点。清末民初，昌邑绸商背着绸包闯世界，开拓了近代海上丝绸之路，柞丝绸远销欧美、南洋，年销售额曾达两千万两白银，为我国民族资本主义工商业发展做出重大贡献，为近代中国的外贸商品出口赢得了市场与口碑。

2006 年 12 月，柳疃丝绸技艺入选山东省第一批省级非物质文化遗产代表性项目名录。

9. 潍坊刺绣

九千绣花女

刺绣，又名针绣，俗称绣花，即按照设计的花样，用绣针穿引彩线（丝、绒、线），在织物（丝绸、布帛）上运针刺缀，以绣迹构成纹样或文字。清乾隆年间，郑板桥在潍县任县令，创作了多首《潍县竹枝词》描绘当时潍县的市民社会，其中云"罗绮成箱绣作堆，春衫窄袖好新裁""迎婚娶妇好张罗，彩轿红灯锦绣拖"，可见当时潍县民间刺绣的繁荣。清末民初，潍县民间还流传一句脍炙人口的俗语："二百只红炉，三千铜铁匠。九千绣花女，十万织布机。"其中"九千绣花女"说的是潍坊刺绣，俗称潍绣。

与细腻典雅、雍容华贵的苏绣、湘绣、顾绣等著名的南方刺绣不同，潍绣富有北方民间艺术的气质——粗犷豪放，结实耐用，构图简朴且讲究对称，色彩明快鲜艳，具有典型的劳动人民的审美情趣。这是因为潍绣源于民众的日常审美需求，用于普通家庭的日常装饰（如套袖、裙摆、荷包、绣鞋、枕巾、围屏等）与生活习俗。"鸳鸯枕，龙凤帐，红绸子门帘绣凤凰。"在潍县传统的婚俗中，新娘结婚当天穿明代传统服装，有蟒袍、蟒裙、霞帔、玉带等，蟒袍圆领大襟，长过膝盖，通身刺绣吉祥图案；褥面、被单、枕套、喜屏、镜挡、桌围、门帘，以及迎亲仪仗中的花轿衣、轿帘、裙子灯、莲子灯等，全部绣有精美的刺绣，这正是郑板桥竹枝词中所写的"迎婚娶妇好张罗，彩轿红灯锦绣拖"。新娘"三日回门"时，往往把以前精心绣制的小件绣品带回婆家赠送亲人，如扇囊送给小叔，荷包、针扎送小姑，称之为"散针线"。

正是因为当地有新娘穿明朝刺绣婚服的习俗，绣娘们用潍坊刺绣手法缝制戏服亦是得心应手。潍绣戏服在当时风靡一时，是绣庄的主要产品，而田翔千设计、郝桂君绣制的潍绣戏装更是久负盛名。郝桂君能根据剧种流派、人物性格特点配色绣制，她为著名京剧表演艺术家梅兰芳、程砚秋、尚小云等人绣制的戏装，舞台效果极佳，深得梨园界好评。

李银凤刺绣作品《春常在》（潍坊市委宣传部供图）

《潍县志稿》记载，1940年的潍坊有三十四家绣货庄，绣工遍及四方，家家户户都接绣庄订单。当时陆续有同祥、金祥、天庆赓、同盛福、协同义、泰丰祥等经营绣货的商号。同祥号在当时最为有名，规模庞大，商贸远达日本，在大阪设有分号。创始人李翰臣经营绣货发家，是当时绣货界的风云人物。1958年，潍坊刺绣厂成立，从青岛引进机绣工艺，将传统手绣工艺与现代抽纱工艺结合，创造了许多创新款式畅销海外，而机绣也逐渐替代手绣，手工艺时代在嘈杂的机器轰鸣中徐徐落幕。

　　五彩缤纷的丝线在绣女的手指间流淌，针锋在纤薄如纸的布帛上穿插，如同画笔绘画，形成一个虚实相间、光影交叠、色彩绚烂的世界。然而随着时代的发展变迁，这种指尖的技艺渐渐被冰冷的机器取代，繁盛一时的潍绣也日渐落寞。但是，总有一些人将这些文化遗产视若珍宝，耐得住寂寞，愿意用自己的青春与汗水延续着技艺的传承。

　　2006年12月，潍坊刺绣入选山东省第一批省级非物质文化遗产代表性项目名录。

（二）乡音乡韵

1. 诸城派古琴

高山流水觅知音

传说，伯牙是一位有名的琴师，弹奏古琴时乐声美妙，连马都抬起头倾听。而钟子期善于欣赏音乐，二人是极好的朋友。伯牙弹琴的时候，想着在登高山，钟子期高兴地说："弹得真好，你弹奏的琴声像一座巍峨的大山！"伯牙又想着流水，钟子期又说："弹得真好，你弹奏的琴声似浩瀚的江海！"有一次，他们两人一起去泰山的北面游玩，游兴正浓的时候，突然天空下起了暴雨，于是他们来到一块大岩石下面避雨。伯牙突然感到悲伤，就拿出随身携带的琴弹起来。他弹着连绵细雨的声音，又弹起大山崩裂的声音。每次弹的时候，钟子期都能听出琴声中所表达的含义。伯牙放下琴，感叹说："好啊，好啊，你能领会我弹琴时心中所想！"钟子期死后，伯牙说世上再也没有理解琴音的人了，于是弄断琴弦，再也没弹过琴。后人用"高山流水"比喻知音。

伯牙所弹奏的古琴又称七弦琴、瑶琴，别称"绿绮""丝桐"等，是一种平置弹弦乐器。山东省诸城市是中国古琴的发源地之一，也是诸城琴派的故乡。早在四千三百多年前，出生于诸城诸冯村的大舜就善于制琴、弹琴。《礼记·乐记》载："昔者舜作五弦之琴，以歌南风，夔始制乐，以赏诸侯。"诸城派古琴艺术又称"琅琊派古琴"，出自"虞山派"，形成于19世纪中叶，经几代琴家的探索发展，逐渐形成了一个具有鲜明艺术个性和特定曲目传谱的古琴流派，是我国近代琴坛上一支融古开今、别具一格的古琴艺术流派。诸城派是中国古琴艺术的代表性流派之一，其代表人物有王溥长（既甫）、王雩门（冷泉）、王作祯（心源）、王露（心葵）、王宾鲁（燕卿），人称"诸城琴史五杰"。1917年，经康有为推荐，王宾鲁受聘为南京高等师范的古琴导师。1919年，北大校长蔡元培邀请王露担任北京大学古琴导师。自此山东诸城派古琴开始流向全国，对我国近代琴学的发展产生了重要深远的影响。

诸城古琴的艺术风格可大体归结为：细致、含蓄、质朴、流畅。重内在不务外表华丽，缓急有变，刚柔兼备；节奏固定，标准统一，可数琴齐奏，划分节奏并附有简谱；右手弹弦刚劲有力，干净利落，力度强。诸城派古琴的立调体系以三弦为宫而以律吕命调，艺术风格刚中带韧，密中见疏，实中有虚，一气流转，重而不滞，显示出空灵回荡的古典之美。其琴谱划分节奏并附有简谱，节奏固定，标准统一，其中王冷泉所辑《琴谱正律》载琴曲二十一首，王既甫、王心源、王秀南祖孙三代相传的《桐荫山馆琴谱》载琴曲十六首，王露所辑《玉鹤轩琴谱》载琴曲三十首，王宾鲁所传《梅庵琴谱》载琴曲十四首。《长门怨》《秋风词》《关山月》等是诸城派独有的演奏曲目。

古琴及琴曲表现的是文人的情操。魏晋时期，"竹林七贤"

2016年，诸城派古琴获得国家艺术基金资助，进行全国巡演（潍坊市委宣传部供图）

之一嵇康在刑场上索要了一张琴，在高高的刑台上，面对前来为他送行的人们，弹奏了《广陵散》。"目送归鸿，手挥五弦。俯仰自得，游心太玄。"以嵇康为代表的古代文人追求自然，崇尚自由。他们十分注重个体人格的修养，不涉于功名利禄，不博名邀宠，洁身自好，不从流俗。他们抚琴、写琴、赞琴，认为世上的万物皆有盛衰，只有音乐永恒不变。古琴在中国的文化语境中，早已超越了音乐本身，成为文人士大夫文化理想的象征。

2008年6月，古琴艺术（诸城派）入选第二批国家级非物质文化遗产代表性项目名录。2008年11月，古琴艺术被联合国教科文组织列入人类非物质文化遗产代表作名录。

2. 高密茂腔

胶东之花

　　莫言在小说《檀香刑》里多次写到家乡高密一带的"猫（茂）腔"。这种声腔由民间小调发展而成，曲调质朴自然，唱词浅显易懂，平白如话。尤其是女腔独有特色，给人以委婉哀怨之感，能引起妇女们的共鸣，故茂腔又被称为"拴老婆橛子戏"，指茂腔演出时各家的妇女会被吸引到戏台前，像被拴住了一样。胶东流传的一句俗语表现了茂腔引人入胜的魅力："茂腔一唱，饼子贴在锅沿上，锄头锄到庄稼上，花针扎在指头上。"莫言还曾在《茂腔与戏迷》一文中讲过一个有趣的故事：

　　"我们村的人几乎都爱听戏，但喜欢到入迷程度的，大概只有三五家，孙驴头算一家。孙驴头的老婆、儿子都是戏迷，娶来家一个儿媳妇更是一个超级戏迷，这叫作'不是一家人，不进一家门'。有一天傍晚，孙驴头在灶前烧火，儿媳妇站在锅前和面，准备往锅沿上贴饼子。这时，忽听到旷野里传来一声胡琴声，拉的是茂腔的过门。公公和媳妇都把耳朵竖了起来。媳妇说：'爹，您听。'孙驴头说：'听到了，今晚谭家村有戏。'媳妇说：'爹，加大火，吃了饭好去听戏。'孙驴头捏起儿媳妇的脚就要往灶里填，儿媳妇怒道：'爹，老不出息，您想干什么？'孙驴头看看儿媳妇穿着红绣鞋的小脚，不好意思说，只好和着旷野里传来的胡琴调门唱道：'叫声儿媳莫错怪，误把金莲当火炭儿。'锅热了，儿媳挖起一团面，放在手里颠巴颠巴，吧唧一下子就贴到了孙驴头的额头上。孙驴头大叫道：'媳妇，你干什么？'儿媳妇看看公公的狼狈相，和着胡琴的腔调唱道：'叫一声公爹莫错怪，误把额头当锅沿儿。'"

著名高密茂腔老演员焦桂英演出剧照（潍坊市委宣传部供图）

茂腔是流行于潍坊、青岛、日照等地的地方戏曲，最初为民间哼唱的小调，称"周姑调"，传说系因一周姓尼姑演唱而得名；又称"肘子鼓"，据说是因民间艺人肘悬小鼓拍击节奏演唱而得名。茂腔大约在清代道光年间已广泛流传于山东半岛一带，流传过程中吸收本地花鼓、秧歌等唱腔和形式形成"本肘鼓"，意指本来的肘鼓子调，也可理解为本地流行的肘鼓子调。因其上下句结尾处的"噢嗬罕"三字耍腔别具特点，所以又称"噢嗬罕"或"老拐调"。1895 年左右，苏北人"老满洲"携儿女沿临沂向北演唱，将柳琴戏唱腔融合到"本肘鼓"中，形成了旦角尾音翻高八度的新唱法。这种唱腔，当地群众称之为"打冒"或"打鸣"，取其谐音，"本肘鼓"逐步衍变成"茂肘鼓"，新中国成立后定名"茂腔"。

茂腔在传承发展过程中博采众长，兼收并蓄，发展出了一百多种剧目，其中代表剧目有"四大京"（《东京》《西京》《南京》《北京》）与"八大记"（《罗衫记》《五杯记》《风筝记》《钥匙记》《火龙记》《丝兰记》《绒线记》《蜜蜂记》）等。不少剧目是以"三小"（小旦、小生、小丑）为主人公，如《打水》《下山》《月墙》等，登场人物少，装束简单，可就地演出。茂腔在"本肘鼓"时期只有鼓、钹、锣等打击乐伴奏；在"茂肘鼓"时期开始使用柳琴伴奏；后来受京剧、梆子等的影响，采用京胡为主奏乐器，按京剧二黄定弦，并用二胡、月琴配合，陆续增添了唢呐、笛、笙、低胡、扬琴等民族乐器。在行当方面，茂腔起初只分生、旦、丑，后来根据京剧行当划分角色，分工更加细致齐全。

茂腔在语言上采用胶东当地方言，极富地方特色和生活气息，容易拉近与当地群众的距离。茂腔唱腔、旋律与音韵都符合当地语言习惯，易听易懂，易学易会，男女老少都能唱上几句，因而极受胶东地区的民众欢迎。它扎根于乡村，是名副其实的"胶东之花"。

2006 年 5 月，茂腔入选第一批国家级非物质文化遗产代表性项目名录。

3. 青州花毽

足上飞羽

"一个毽儿，踢两半儿。打花果儿，绕花线儿。里踢外拐，八仙过海。九十九，一百。"这一踢毽子的童谣在我国北方地区流传散播广泛，陪伴了许多人的童年。毽子，又称毽球、鸡毛毽，古称"燕子""鞬子""蹀"。《战国策·齐策》中记载齐国首都临淄的社会生活时说："临淄之中七万户……甚富而实，其民无不吹竽、鼓瑟、击筑、弹琴、斗鸡、走犬、六博、蹋鞠者。""蹋鞠"就是"蹴鞠"，学界一致认为花毽运动正由"蹴鞠"发展而来。1913 年，山东济宁喻北屯城南东汉墓中出土了一块汉画像石，上面绘有八人在蹴"毛丸"，动作和谐舒展、潇洒自然。"毛丸"即后世毽子的雏形。唐宋时期，鸡毛毽的形制已经基本定型，踢法亦有章法、花样。明代的北京已经形成冬季踢毽子的习俗，明代进士、散文学家刘侗在《帝京景物略》中写道："杨柳儿青，放空钟，杨柳儿死，踢毽子。"为何杨柳死（落叶）的时候踢毽子？《燕京岁时记》中有答案："儿童踢弄之，足以活血御寒。"天寒地冻之际，人们多蜷缩于房屋内，空气流通不畅，身体慵懒倦乏，易感病患。这时，正适宜三五结伴成群，外出踢毽，前踢后踢，左踢右踢，一时彩蝶纷飞，喝彩阵阵，浑身暖意融融，舒惬轻快。

青州距蹴鞠起源地临淄不过二三十公里，"蹴鞠""蹴毛丸"亦应历史悠久，只是被淹没于历史长河之中。雍正十年（1732），清廷于青州府设立满洲营，两千多名八旗子弟入驻青州城，为青州的社会人文增添了活力与特色，其中青州花毽亦是其中之一。青州经济发达，社会文化繁荣，踢毽子很快在民间广泛传播，成为一项普遍的民众体育运动。

青州花毽（于青华摄）

踢花毽讲究身形架步优美、心意相随、眼到脚到、反应灵活、人随毽舞、毽随人转，低踢毽如彩蝶飞舞，高踢毽如飞燕凌空。花毽基本动作有盘、拐、绷、蹬、挑、磕，用脚内侧踢为"盘"，用脚外侧踢为"拐"，用脚面踢为"绷"，用脚掌踢为"蹬"，用脚趾踢为"挑"，用脚后跟踢为"磕"。青州花毽花样有六十多种，其中较为精彩的有"连升三级""鸳鸯拐""大骗马""蜻蜓点水""一柱擎天""童子拜佛""尘埃落定""垂首龙""转印""双骗马""凤凰摆尾""孔雀开屏""反观蝶""夜叉探海"等。无论怎样踢，其旋舞飞腾、闪转奔跃、前合后仰之态宛如燕飞鹤舞，令人眼花缭乱、目不暇接。古诗云："踢碎香风抛玉燕，踏残花月上琼瑶。"踢毽子被称为"杂戏""博戏""百戏""走毽儿"，多是集体活动。男女老少围在一起，你一脚，我一脚，你飞踢，我闪接，那些忧郁和烦恼，随着小小毽子的腾飞起落，消逝得无影无踪。正如一首《鹧鸪天·踢毽子》所描绘的："三五成群俏小丫，鸿毛成撮脚尖花。翻旋羽舞千般好，跳跃毫飞一样佳。　身似燕，脸如霞。稚童闲趣忘还家。前抬后打空中绚，串串银铃漫远涯。"

　　青州花毽的制作相对简单，用线将十几根白色乌鸡绒毛与一根不易折断的尼龙杆分多层捆扎，由内而外羽毛逐层增多，使长度一致、前后左右对称；用皮革做成一元硬币大小的垫，中间穿孔，用皮革作毽绳穿起，配有垫钱两个，然后将毽身、毽托用细线捆牢，即形成完整的花毽。在现代社会中，踢毽子不再是时令性的运动，在公园、广场、小区空地，随时随地都可以进行一场踢毽子活动。小孩子们在宽敞的操场上，在嘈杂的公园里，边唱着童谣歌曲，边闪跳腾挪踢毽子。一阵阵清亮的欢笑声惊飞了树梢上休憩的鸟儿。

　　2011 年 5 月，青州花毽入选第三批国家级非物质文化遗产代表性项目名录。

4.临朐周姑戏

"小戏之乡"的民间瑰宝

"周姑子"又称"肘鼓子",因演唱时肘悬小鼓拍击节奏而得名,是山东地区和苏北一带地方戏的总称。"肘鼓子"传至高密、诸城、五莲一带形成了"茂腔",传至即墨一带形成了"柳腔",传至淄博一带形成了"五音戏"。临朐县被誉为"中国民间艺术之乡""书画之乡""小戏之乡",文化底蕴深厚,文化遗产丰富。"肘鼓子"戏传播至临朐县时,也在当地扎下了根,形成了具有地方特色的戏剧形式——周姑戏。

周姑戏虽然与淄博五音戏和高密茂腔同属于一个母体,但其唱腔和曲牌与五音戏、茂腔又截然不同。相比之下,临朐周姑戏的演出形式原始古朴,唱腔民歌风味浓厚,唱词乡土气息浓郁。初期,是由一人或二人"唱门子"开始的,逐步演变为三人或五人"扒地滩",再后来便形成了周姑戏的雏形。周姑戏最初全是清唱,无弦乐伴奏,但有锣鼓点。因对嗓音有特殊要求,剧中人物一般由男演员饰演,后期逐渐有女演员加入。早期唱腔原始古朴、优美动听、抑扬顿挫、激昂婉转,全部使用打击乐器伴奏,过门用锣鼓,行腔用板、鼓和小钹伴奏,具有浓厚的乡土气息和淳朴的民歌风味,极具特色。伴奏主要有长板、短板两种锣鼓伴奏鼓点,一般四人伴奏;现代改良后在伴奏中加入了弦乐,伴奏成员也壮大到了数十人。周姑戏的主要唱腔是"周姑正调",清新优美,婉转跳跃,既能叙事,又善抒情，是以"四句腔"开头，然后以"三腔""四腔"作为上、下句反复使用的板腔体，有"呀油调""过仙桥""梆腔穗子""喊娃娃""扑灯蛾""五齿耙""流水""快三眼"等近二十种曲牌。唱词用方言土语，多有哟、闹、噢、儿、的、班、他就哎是、那个等衬词，贴近乡音，亲切动听。周姑戏的剧目有《双生赶船》《天仙送子》《风筝记》《梁祝下山》《王二卖草》《蓝桥会》《休丁香》《乱石记》《宝莲灯》《闹学》《崔寡妇上坟》《亲家婆顶嘴》《思春》等四十余出。

19世纪末20世纪初，周姑戏在临朐达到鼎盛。仅临朐境内就有专业或季节性班社十多个，影响较大的有贺士学带领的"双庆玉"和李明友带领的"一家台"，

临朐周姑戏剧照（潍坊市委宣传部供图）

演出的范围远到青州、临沂、安丘、寿光等地。周姑戏在临朐农村十分流行，剧目也多是演员较少的农村小戏。有时也唱大戏，但即便是唱大戏，也是在不影响剧情的前提下尽量少用演员。因此，民间有"周姑戏一个兵"的说法。周姑戏曲调易学易唱，内容大都是乡里民间故事，多为男欢女爱、打情骂俏，是非恩怨、家长里短，逢场作戏、捧场逗哏，通俗易懂，因而深受农村大众欢迎。周姑戏流传地区有一个小故事：一位农村妇女回娘家，听到城里有周姑戏演出，连晚饭都没来得及吃就抱着孩子进城。她慌慌张张，为抄近路一头扎进一片瓜田

里，一不小心绊了一跤，把孩子摔了个狗吃屎。她强忍疼痛，站起身，将孩子抱在怀里，撒腿就跑。哪知听罢戏，却见怀里竟是一个枕头大的冬瓜。她哭着回到父母家里，一进房，只见小孩正在床上熟睡，原来自己心急如焚，错抱成了枕头。

2009年9月，临朐周姑戏入选山东省第二批省级非物质文化遗产代表性项目名录。

5. 月宫图

天地相融的跑灯艺术

"月宫图"，俗称跑灯，是一种流传于寿光市境内的较为古老的民间舞蹈形式，每年正月十五演出，场面宏大，灯随人走，舞姿优美，以浪漫主义的手法来表现人们的美好愿景。月宫图表现了一个美好的故事：传说很久以前，寿光风调雨顺，五谷丰登，六畜兴旺，鱼虾满仓，百姓们欢歌笑语，庆贺丰收。优美的乐声直上苍穹，月宫仙子们羡慕人间真情，梳洗打扮，带着侍女，腾云驾雾，从天而降。她们手持双灯，来到人间，翩翩起舞，共享人间国泰民安之乐。

月宫图早期演出时，阵容庞大，最多时有六十四人表演，二百五十六盏灯在舞台上流动翻转；演出的人物多，有"王母娘娘""托塔天王""哼哈二将""宫女"等，全部由男性扮女装踩着高跷表演。现在的表演队伍改为二十名女演员组成，即十六名仙女、四名侍女。仙女和侍女们每人双手各持两个小红灯笼，每两个灯笼由一根"T"形的木架分挂两边。表演时，舞台上烟雾弥漫，云雾缭绕，如同在月宫仙境，仙女与侍女动作轻盈，步履飘逸，红灯摇曳闪烁，场面变化繁多，急缓有序，给人以神秘仙境之感。月宫图采用了构图丰富、表演多变的艺术手法，采取上下、大小、前后、单双八种变换形式，分十六个舞节、七十二个变化画面，有"摔灯""卷箔""月宫玉兔""单葫芦""卷盘月"等套路，演示出"大月亮""天下太平"等图案。月宫图主要用打击乐（堂鼓、大锣、大钹、碰铃、手锣等）和民乐（丝弦、笛子、笙）伴奏，乐调柔美，婉转动听。当六十四只小灯笼巧妙地摆成"天下太平"的图样时，音乐欢快喜悦，演出气氛升华至高潮。

月宫图表演时用的小灯笼制作也非常考究：用槐木做一个"T"字形灯架，涂红色，两旁安铁环并各挂一盏灯；灯用竹腹扎制，底部安木板，板上装钉、插蜡烛，竹腹裱糊粉红色纱布；灯笼握把长约六十五厘米，横杆长约

月宫图（"天下太平"）（潍坊市委宣传部供图）

五十五厘米，小红灯笼可自由摆动；灯内蜡烛是用牛油和白醋混合熬制而成，火苗较长，明亮闪烁，有忽明忽暗的效果，容易渲染舞蹈气氛，且牛油熔点较高，不滴油，更不会出现"蜡泪飞溅"的现象。

月宫图的歌词古朴典雅，主要内容是天宫仙女向往人间生活，庆贺人间丰收，祝福人间太平安乐等，且随着表演时灯笼图案的变化，唱词也与之相对应。不同的场景，演唱内容不同，表演"大月亮"时，唱《大月亮曲》："王母传仙离广寒，大家逐位几重天。闻听说，人间摆寿宴。"表演"祥光普照"时，唱《天桥曲》："船到江心水飘挥，扯起杆东方亮。愁煞人，何日到在江边上。"摆出"天"字时，唱《刘海戏金蟾》："刘海步步戏金蟾，老君炉里炼仙丹。东方朔，酒席宴前把桃献。"摆出"下"字时，唱："元宵节可逍遥，灯笼月下会多娇。喜滋滋，一边羞来一边摇。"摆出"太"字时，唱："红娘承命到书房，舌尖润破纸纱窗。张君瑞，连衣卧在牙床上。"摆出"平"字时，唱："安江浙富贵花，万朵辉辉武魏伐，三五夜，不得禁正好祯祥。"

月宫图表演自始至终配有女声伴唱，舞女和歌女互相配合，边舞边唱，舞中有声，声中有舞。在音乐设计上，月宫图运用了较慢的节奏，曲调缠绵轻柔，乐曲婉转动听，歌随舞起，舞随乐合，相映生辉，富有古典乐舞的风格。同时，月宫图歌中有舞，舞中伴影，声中有情，情在舞中，声情交融，载歌载舞，艺中有技，技在艺中。十六名舞女的每一个脚步、每一个手势、每一个转身，六十四个小灯笼的每一次显示、每一次组合、每一次旋转、每一次停留，都使月宫图有声、有色、有形、有情、有景，有诗情画意，有生活气息，有强烈的艺术感染力，经久流传，常演不衰。

2009年9月，月宫图入选山东省第二批省级非物质文化遗产代表性项目名录。

6. 小章竹马

竹马艺术的"活化石"

竹马游戏起源颇古，《墨子·耕柱》已有相关记载。"竹马"一词最早见于《后汉书·郭伋传》："有童儿数百，各骑竹马。"三国时期已有颇具形制的竹马游戏，唐代竹马表演已与现今类似。至元杂剧，竹马融入舞台艺术。此后，竹马逐渐成为民间艺术形式。

西小章村位于昌邑市围子镇的西部、潍河东畔。西小章村世代流传着过年跑竹马的习俗，称"小章竹马"。小章竹马的历史已经不可考证，村民之中流传的口头传说有两个版本。其一，元代末年，双山马氏五世祖马亮元帅有感于家族人丁凋敝，听从军师的建议，将当时流传于汉中地区的竹马移植过来，并把日常操练士卒、行军打仗的阵法融入竹马表演。据清康熙十七年 (1678)《莱阳县志》卷六记载，马亮于元顺帝至正六年 (1346) 考中进士，授管军千户，历任管军总把、都督元帅。其二，西小章村始迁祖马原逃荒到这里，与原住民马青山同姓联宗。永乐年间，马青山在京城做木工时，将竹马表演从北京移植回老家。

小章竹马表演队队员都是本村村民，传承靠老人的口授心传。西小章村素有习武之风，绵延至今。每天黄昏，村里的男孩都会来到祠堂小院在师父的指点下操练武艺，小章竹马武术队新队员从他们之中选出。小章竹马一直没有固定的书面文本，所念唱词、念白都是口耳相传；至于动作、台词、演唱等表演，只在初学时靠老演员传授，此后在演出中和演出前十几天的群体合练实践中自行改进。

小章竹马表演的是元末武将马合奉命押送美女去南方进贡，一路上遇山游山、遇水玩水的行进过程。马队共由九匹竹马组成。四男四女各驭一匹，分列两队。另有一人驭黄膘马，着元朝官员服装，扮督军押后，称"老座马"。男骑手头系扎巾，身穿兵服，后背有一"兵"字或"勇"字；面部画粉面小生脸谱，手提马缰，腰佩刀剑。女骑手则头戴珠翠，面搽脂粉，身穿红绿缎袄。

队伍的最前面，有一青年挑着一面"马"字大旗，为马队旗号。接着便是武术队的化装武士，其中四人抛马叉，两人滚马叉，两人耍单刀，两人舞动双刀，两人耍拐子枪，两人耍梢子棍，二十人肩扛红缨枪，另有挥舞钢鞭和绳鞭者若干人。武术队之后便是马队。马队最前面是一马童打扮、手提马鞭的队列指挥，称"马牌子"。随后是男左女右的四对竹马和老座马，老座马之后是一个挑着绣有"龙"字督军旗的士兵。再后是十八名扛腊杆子的护马武术队队员。整个队伍，最少六十余人，多时一百余人，阵容庞大，步伐整齐，彩旗飘扬，十分壮观。

小章竹马集小戏、舞蹈、武术、杂耍于一体，并且是用一个中心事件贯串整场演出。表演有固定的程式：出马—对白—舞蹈表演—演唱—武术打斗—再舞蹈表演—再演唱—再武术打斗。舞队表演阵形有"四门斗""五花""梅花瓣""十字梅""双

沟""二龙戏珠""别杖子""龙掉尾"等。小章竹马有近似
戏剧的表演方式，有人物、故事、对白、舞蹈、演唱，还有真
刀真枪的武术打斗。整个竹马表演程式复杂精彩，打斗念唱，
花样繁多。

小章竹马展演（丁金芳摄）

每年的正月初八上午，西小章村村民都会到不远的邻村宋
庄村表演小章竹马，当天下午从宋庄返回，在本村的马家祠堂、
村委大院表演。小章竹马本质上是一种祭祖仪式上的乡民艺术
表演，表达村民对先祖的缅怀与祭奠，一方面对民众进行伦理
道德观念的灌输，增强家族、村落的凝聚力；另一方面，在这
种表演仪式中，村民寄托了福祉绵延、子孙昌盛、家庭兴旺的
美好愿望。在每年春节，小章竹马活跃着年节气氛，民间舞蹈
与武术融合的独特表演形式给人以艺术的熏陶。西小章村借助
于竹马活动所特有的肃穆感与艺术感染力，对内彰显权威与秩

序，对外展示自己的传统文化，与外界进行文化交流。

2009 年 9 月，小章竹马入选山东省第二批省级非物质文化遗产代表性项目名录。

（三）老家老味

1. 潍坊朝天锅

郑板桥为民架大锅

乾隆十一年（1746），已过知天命之年的郑板桥从范县调署潍县，在潍县任地方父母官七年。郑板桥关心民生、民情，常常深入民间，了解民生疾苦。在寒冬腊月的一天，正值潍县城大集，郑板桥想去白浪河边的大集上逛逛，了解一下民生百态。当时天气特别寒冷，北风呼啸着，卷着雪花直往人的脖子里钻。等他来到集上，太阳刚升到正中，正是午饭的时间。郑板桥看到，前来赶集的商贩、乡民，都哆哆嗦嗦地蹲在地上啃着已冻得硬邦邦的窝头，或吃着干巴煎饼，连口热水都喝不上。郑板桥心里难受：天寒地冻，赶集的乡民却吃不上一口热汤热饭，这怎么能行呢？他想到一个办法，来到一个卖猪下水的老汉摊前说：“老伯，你就在这里支口锅，把猪下水煮熟卖吧。”说着，他从怀里摸出些银两，递给了那个老汉。老汉连忙说：“这怎么敢收？我怎么感谢你啊？”郑板桥说：“你为赶集的乡民送口热汤,让乡民吃上口热饭就足够了。"说完他便扭身走了。

从此以后,大集上的杂碎锅开业了,锅里煮着猪下水,汤沸肉烂。带着饭的乡民围着锅台坐,以锅台为桌面。老板把热汤舀进碗里,乡民把自带的干粮泡在热汤内吃;有钱的买上张面饼卷上猪下水,边吃边喝热汤,吃完后肚子里热烘烘,全身舒爽。这就是在潍坊广为流传的郑板桥为民架大锅的故事,讲述了朝天锅的由来。

朝天锅(潍坊市委宣传部供图)

朝天锅是潍坊市的一种传统风味小吃,清代中后期出现于潍县白浪河的沙滩集市上。人们露天支锅,锅内煮一些价格低廉的猪下水,被人们称为"杂碎锅子";又因露天支锅,土锅无盖，故又称"朝天锅"。朝天锅是用鸡肉、驴肉吊汤，以猪头、猪肝、猪肺、猪心、猪肚、猪大肠等猪下水为主要材料，配以现烙的薄面饼卷着吃。朝天锅制作对食材的要求十分严苛，猪肠要整根，不要断的，内外清洗干净；猪肠、口条、猪头肉要先焯过水，再放到老汤锅里煮，火候要掌握得恰到好处。猪下水要现捞现切现用，薄面饼要现擀现烙，熟后放到茅囤子保温备用。朝天锅的配料也很讲究，葱段要切成长短一致，咸菜疙瘩段要重新调汁腌制；鲜汤要加葱末、香菜末、醋、胡椒粉等小料。朝天锅肉肥而不腻，汤清淡而不浑浊，加以薄饼卷食，其味无穷。

不知何时何人创作了一首朝天锅的赞诗："逢二排七大集间，白浪河畔人如山。寒流雪翻火正红，下水香锅面朝天。"朝天锅原是老百姓在冬天大集上的季节性饮食，现已成为全年不休的大众美食。寻几个朋友，找一家老店，围坐在一起，用面饼卷起肥美的大肠、软糯的猪肚、美味的丸子、肥瘦相间的猪头肉，还有煮鸡蛋、哑巴辣椒、土豆丝、炒虾酱，撒上点芝麻盐，卷成筒状，配上一碗漂着葱花、香菜的清汤，还有葱段、咸菜条……薄饼的绵软，猪肉的可口，大葱的清香，咸菜的酱香，老汤的醇厚，都在大锅的热气腾腾中得到升华。当就餐结束，胃感温热，唇有余香，惬意之极。

2013年5月，潍坊朝天锅制作技艺入选山东省第三批省级非物质文化遗产代表性项目名录。

2. 老潍县肉火烧

城隍庙美食

潍坊肉火烧在潍坊人民的心中地位极高，有一首老少皆知的打油诗可证："白浪河水浪滔滔，月明（亮）像个肉火烧。"说到潍坊肉火烧，最正宗且有口皆碑的当数"城隍庙肉火烧"。潍县城隍庙始建于明洪武年间，位于城隍庙街上（今城隍庙小区之内），南临县衙。明成化年间知县朱茂、县丞张杰，清乾隆年间知县郑板桥都曾倡议筹款重修。每逢五月初一城隍爷生日，民间都会举行隆重的出巡仪式，前吹后抬，声势浩大，是县城的盛大节日。民间传说，在城隍爷出巡时，执事人用手按动城隍爷的膝部，木像会站立起来，换上出巡新装后，才抬入八抬大轿内出巡。

"城隍庙肉火烧"指城隍庙街上肉火烧店铺所做的肉火烧。据老人们说，民国年间城隍庙街道南胡同里，一家姓胡的在路北东首开了一家肉火烧铺。之后很长时间里，肉火烧一直默默无闻。直到1991年，王金城与老伴孙秀兰、女儿王丽英承包了城隍庙路北的肉火烧铺子。前面三间低矮房间用于营业，后面的当作宿舍。院子里支上遮阳、遮雨的棚子，街上摆上几条低矮的木条几。食客们要么围在炉边站着，要么坐着马扎等肉火烧出炉。黄灿灿、溅着油花的肉火烧一出炉，立马被端给食客。食客们早已剥好了蒜，肉火烧一上桌，立马咬上一口或撕开一个小口，使劲儿往里吹气，边吹边吃，还时不时来口蒜，喝上几口咸黏粥或豆腐脑，那味道简直绝了。王金城铺子里的肉火烧味道鲜美，深受群众欢迎，因此常年顾客盈门。一时间，城隍庙街上入驻多家肉火烧铺，成为肉火烧一条街，"城隍庙肉火烧"名声远播。2012年，潍坊开始旧城改造，城隍庙街与街上的肉火烧铺一同消失于历史长河之中。但这些肉火烧铺如同星火一般，散入潍坊的大街小巷，成为民众的美食据点。

潍坊肉火烧的土炉十分特别，由有经验的砌灶师傅搭建，炉底烧炭，中间为两层铁质炉盘。炉盘每层的温度不同，各有用处。上面一层为"鏊子"，与灶台齐平，温度低，刚制作好的带馅火烧坯放在鏊子上煎烙，使两面定型；下面一层为环形，位于炉膛内部，沿炉膛一周，中间空洞，放置已定型的火烧，温度高，可用铁叉推动旋转，方便放、取火烧。

老潍县肉火烧（潍坊市委宣传部供图）

潍坊肉火烧的馅料尤为讲究，用花椒水浸润手切的肉馅，加上切碎的泡发木耳、鸡蛋糕、虾米、大葱、洋葱等。肉火烧的制作要经历煎、烙、烤、烘、蒸五道程序。火烧坯制好后，放在鏊子上煎和烙，使两面定型。然后转入炉内，沿炉膛摆放，根据火的大小、生熟程度不断用铁叉旋转翻烤。再用铁叉取出，放在鏊子翻转，重新送入炉内烘烤。炉火将火烧的水分在短时间内蒸发，淀粉变为糊精，糖分焦化，形成了光亮酥脆的外壳。湿煤燃烧中产生的水汽、火烧本身所产生的水汽在高温的条件下，将内部的馅料全部热熟，肉馅膨胀，火烧呈鼓形，颜色由黄白色变为火红色。整个烘烤过程约在几分钟内完成，时间短了，不熟；时间长了，易干，火候必须拿捏准确。刚出炉的肉火烧散发着面香、馅香、柴火香，皮脆馅嫩，香而不腻。咬一口，外面焦脆的面皮咯吱作响，大葱与鲜肉的组合在高温下香气浓郁，让人垂涎欲滴。

如今，正宗的城隍庙肉火烧老店已在城市的更新换代中消失无踪，而遍布潍坊大街小巷的火烧铺则不计其数，许多不起眼的店铺也能做出正宗的味道来。越来越多的传统炭火炉被现代电烤炉所替代，而火烧的馅也是多种多样，有白菜肉、芹菜肉、青椒土豆、茄子、菠菜、豆腐等多种馅料，满足了人们不同的口味需求。但那冒着油花的火红的肉火烧，永远是潍坊人无法割舍的故乡情怀。

2017 年 12 月，城隍庙肉火烧制作技艺入选第五批潍坊市市级非物质文化遗产代表性项目名录。

3. 鸡鸭和乐

寓意美好的潍坊名吃

潍县名吃"鸡鸭和乐"是一种荞麦面做成的面条类美食。关于"鸡鸭和乐"这一名称的由来，在潍县有个有趣的传说。

相传潍县城里有一大户人家，全家几十口人，四世同堂。有一年过年时，一家人因做衣服的布料吵了起来，没完没了。大儿子于是跟父亲说："爹，咱分家吧，再不分，日子没法过了。"老父亲说："是该分了，俗话说树大了分杈儿，孩子大了分家，这是人之常情。咱这个家以前也没为大事小事拌过嘴，今天也不知是咋的了，为这么点儿布，就闹翻了天。分就分吧，不分也不成了。"

分家这天，老父亲嘱咐厨子多做点好菜，多压些饸饹，晌午全家老少在一起吃顿团圆饭。一上午，全家人坐在一起商量分家，还没商量好，就该吃晌午饭了。吃饭时，桌子摆满客厅，每桌都端上了一大盆饸饹。一家老小都吃得酒足饭饱，有说有笑，没有一个生气红脸的。

吃完饭，大儿子站起来说："这个家咱不分了，一家人欢欢乐乐地在一起过多好。从晌午吃这顿团圆饭来看，大伙都不像是在闹别扭、闹分家的样儿。也许是吃了顿"饸饹"，又合起来了。"于是"饸饹"便传成了"和乐"，寓意阖家和美欢乐。后来，因饸饹需要用鸡鸭做卤汤使味道更加鲜美，就慢慢叫成了"鸡鸭和乐"。

早在北魏末年，寿光人贾思勰就在《齐民要术》中提及类似饸饹的做法——"粉饼法"：将大牛角钻上六七个仅能让一根粗麻线通过的小孔，把面塞进牛角挤压，面条从孔洞中挤出，落进煮沸的汤锅中，煮熟而食。清代淄博人蒲松龄在《日用俗字·饮食章》中说"霍罗（即饸饹）压如麻线细"，与"粉饼法"如出一辙。"饸饹"在古代又名"河漏"，最早见于元代王祯（山东东平人）的《农书》。《农书》介绍荞麦时说："北方山后诸郡多种，治去皮壳，磨而为面，摊作煎饼，配蒜而食。或作汤饼，谓之河漏。"到了清代，"河漏"已有人写作"合络"，西清在《黑龙江外记》中说，荞麦面"宜煎饼，宜河漏，甘滑洁白……河漏，挂面类，俗称合络"。清末高润生《尔雅谷名考》记述的"河漏"制作方法与现今之法别无二致："荞麦实北方农家常食之品，作河漏法：系以水和面为团，用木机榨压而成。其木机则牝、牡各一，联以活轴，可随手起落，外施以床。用时置机釜上，实面团于牝机内，其牝机之底，则嵌以铁片，密凿细孔。面入牝机内，乃下牡机压之，则面随孔出，作细条落釜水中。煮熟食之，甚滑美也。其木机俗呼河漏床。"

早时潍县老人在过寿辰时，往往不吃长寿面，而有吃一碗"和乐"的习俗，寓意"和睦安乐"。随时代发展，山东大部分地区已无人种植低产的荞

鸡鸭和乐（潍坊市委宣传部供图）

麦。做"和乐"的原料由荞麦面改为 95% 的小麦面粉与 5% 的淀粉。"鸡鸭和乐"以鸡肉、鸭肉熬煮的汤做卤汤，且菜码极为讲究，有香菜、咸香椿、胡萝卜、韭菜等碎末，还要有鸡蛋皮、糖蒜片、憨肉块。"憨肉"是以煮烂的猪头肉作为主要原材料的肉丸子，在加入"和乐"时需要切成小块。"和乐"虽制作烦琐，但面条筋道耐嚼，清滑爽口，卤汤醇厚鲜美，配料多样讲究，是潍坊民众喜闻乐见的面食。

2020 年 6 月，南宫和乐制作技艺入选潍坊市第六批市级

非物质文化遗产代表性项目名录。

4. 景芝白酒

三产灵芝真宝地，一条浯水是酒源

名酒产地，必有佳泉。由数股山泉汇集的浯水缓缓流过安丘景芝镇，河水清澈明净，汲水煮茶清洌甘甜，引流酿酒酒香馥郁。在北宋宋仁宗景祐年间，浯河边数次发现灵芝，地方官员向朝廷上表献瑞，故取皇帝年号首字和"灵芝"末字组成"景芝"这一地名。同时，潍坊地区的母亲河潍河从景芝的东边流过。在两条河流的滋润下，安丘及其周边盛产小麦、高粱，为酿酒提供了优质的原材料。明清时，景芝镇上排满了大大小小的酿酒作坊。在新春佳节或新店开业之际，这些作坊往往会张贴一副对联："三产灵芝真宝地，一条浯水是酒源。"

清乾隆八年（1743）十一月六日，山东巡抚喀尔吉善上奏乾隆关于查禁"收麦作曲"的奏章，其中提到景芝镇"向多商贾于高房邃室踩曲烧锅，贩运渔利"。这是关于景芝酿酒的明确记载，可见当时酿酒业已成规模。20世纪初，景芝酒酿造达到鼎盛，当地有七十二家烧锅，售卖酒的商家有两百多家。车载畜驮，人力肩挑，来往贩酒的队伍摩肩接踵、络绎不绝。众多酒家门口挑出宝瓶形的酒旗子在风中摇摆，招揽顾客，形成"十里杏花雨，一路酒旗风"的景象。

以前酿酒的地方叫"烧锅"，也叫"场子"。一般的"场子"里大约有十几位工人。"烧锅"的老板称"锅主"。酿酒工俗称"烧包子"，领头的叫"把头"。这些小酿酒作坊的酿酒过程是：将高粱、小麦等原料捣碎，加入水，上锅蒸熟后，倒入土池或大缸内加曲发酵。发酵到期成酒醅后，工人用木锨装醅入木质甑桶，甑底设酒笮子，甑下是盛水的大锅，锅下是烧火的地坑炉。甑桶上放一个锡锅盛凉水作冷凝器用，俗称"浮锅"。浮锅外形如没有盖的圆桶，桶底似半个圆球，向上凸出，凹面向下，凹面周围又有卷沿的沟槽。地炉加温后，酒蒸汽上升，遇"浮锅"冷却成酒，酒液沿"浮锅"下沟槽流出，有酒篓接着。"浮锅"内要不断更换冷水，并有专人用木柄搅动，以免冷热不均。换到第二锅时，先流出的酒就是俗称的"二锅头"。最后流出的名为"稍子水"，酒精含量极少。

新中国成立后，安丘成立景芝裕华酒店（山东景芝酒厂前身），集七十二家烧锅于一体，统一安排生产与销售。从景芝高烧到景芝白干，从景芝白干再到景阳春与芝麻香白酒，景芝酒一路前行。景芝酒厂把闻名中外的"武松打虎"故事放到酒的包装上，以"景阳春"的名号风行齐鲁大地，成为一代人的记忆。1957年，景芝酒厂开始研发芝麻香型白酒。芝麻香是景芝酒的特色香型，也是白酒香型的一大创新，是将浓、清、酱三大香型的生产工艺巧妙结合的特色香型。芝麻香的形成条件在于配料中蛋白质含量偏高，高温入池，高温发酵，加大用曲量，严格控制入池条件。芝麻香白酒酿造工艺可概括为：清蒸续渣，泥底砖窖，大麸结合，多微共酵，三高一长（高氮配料、高温堆积、高温发酵，长期贮存），精心勾调。从1957年在景芝酒中发现了芝麻香成分，至1996年芝麻香型行业标准颁布实施，再到 2006 年"一品景芝"被确定为中国白酒芝麻香型代表，景芝酒厂经历了半个世纪的不懈探索研究。芝麻香的问世，不仅打开了新中国成立以来中国酒业创新发展、百花齐放的大门，更成为新中国白酒领域的重大发现成果之一。

臧克家在 1986 年 4 月 24 日的《潍坊日报》上为山东景芝酒厂题诗："儿时景芝酒名扬，长辈贪杯我闻香。佳酿声高人已老，沾唇不禁思故乡。"在酒文化浓厚的山东地区，景芝酒已成为联结人们情感、表现豪放性情的重要载体，成为人们记忆深处不断发酵、愈久愈浓的精神食粮。

2021 年 6 月，景芝酒传统酿造技艺入选第五批国家级非物质文化遗产代表性项目名录。

5. 隆盛糕点

清真食品老字号

青州历史悠久，文化灿烂。千百年来，汉、回、满等多个民族共同书写了光彩夺目的青州文化。众多勤劳、朴实、聪慧的回族人民在这里繁衍生息，使青州成为山东东部最大的回族聚居区，形成了独具特色的饮食文化，创造了许多味美可口、风味独具的食品，在经过历史的洗涤沉淀之后，逐渐成为青州饮食文化中一抹靓丽的色彩。其中，隆盛糕点是最负盛名的清真代表食品。山东老字号隆盛糕点严格遵循回族的习惯，以传统的纯手工工艺按祖传配方精工细作而成，以"选料考究、入口即化、油而不腻、百吃不厌"的风味特点，成为远近闻名的青州标志性特产。

相传明代青州衡王府盛极一时，王府里招待客人的点心味道可口，让人回味无穷。到了清代，衡王府被抄，王府里制作糕点的师傅流落民间，那些让人垂涎欲滴的糕点也从此消失了。直到道光年间，脱仕元开设糕点铺，青州人民心心念念的糕点得以重现。隆盛糕点于1849年创立字号，据《脱氏宗谱》记载：清道光年间，脱氏第十九世祖脱仕元继承祖上制作面食、糕点的技艺，在青州城海晏门（即东门）路南紧挨城墙处建起了糕点铺，取三子万隆、四子万盛名字中的"隆"与"盛"为店铺起名。"待要吃好饭，围着青州转。隆盛开了张，糕点满城香。"民国初年，脱万隆之子脱玉增传承隆盛糕点制作技艺并开设店铺经营，产业日益兴盛。其后脱氏数代传承，一直经营糕点生意。

隆盛糕点传习所内，脱安利先生在向员工传授技艺（潍坊市委宣传部供图）

隆盛糕点可分为四大类：烤制类、炸制类、蒸煮类和其他类。烤制类代表产品有：蛋糕、长寿糕、桃酥、方酥、寿桃、月饼、双花饼、菊花饼、佛手酥、荷叶酥、卷酥、鸡蛋卷等。炸制类代表产品有：蜜三刀、炒糖、江米条、芙蓉枣、丰糕、燕窝酥、千层酥、培糖、酥角等。蒸煮类代表产品有：绿豆糕、蒸蛋糕等。其他类有：芝麻片、元宵、提江月饼、红心糖、董糖、寸金糖、油茶等。

隆盛糕点历经一百七十年岁月洗礼，在不断守望、传承、创新中，以食为媒，传递着独属于青州人的烟火味道和情感寄托。隆盛糕点只在青州本地制作糕点并经营店铺，以师傅带徒弟的传统传承方式，繁不省功，贵不减物，遵循百年古法，现做现卖，保证最原始的味道和最优秀的品质。每天，隆盛糕点铺的门口都排着长队，前来购买的人络绎不绝，成为一道美食风景。

2013 年 5 月，隆盛糕点制作技艺入选山东省第三批省级非物质文化遗产代表性项目名录。

6. 潍坊萝卜

东北人参莱阳梨，不如潍县萝卜皮

萝卜虽是日常生活中常见的蔬菜，却在潍坊民众的心中占有重要分量。潍坊人对萝卜的情有独钟、感情深厚，从众多的民间故事中可见一斑。

郑板桥在乾隆年间任潍县县令，向来为官清廉，不索贿不受贿，也不送礼行贿。话说有一年，朝廷派了一位钦差到潍县巡察。钦差姓娄，因贪财索贿受贿，人送外号"搂两耙子"。

他刚到潍县，就令人抬着一个大食盒，给郑板桥送去。食盒里有一百两银子。当时的社会风气是上级送礼，要加倍还礼。郑板桥一看食盒就明白了，命人收下。一会儿，他喊来众衙役，对他们说："你们跟着我这个县令这么多年，十分辛苦。现在到了年关，你们把钦差大人送的一百两银子分了吧。剩下一两，买一筐萝卜回来。"

过了几天，郑板桥前去拜见"搂两耙子"。"搂两耙子"对郑板桥说了一堆"为官清廉""体恤民情""才高八斗"的恭维话，还说要举荐他。郑板桥让四个衙役抬着一个大红食盒给"搂两耙子"送来。"搂两耙子"一看，大食盒沉甸甸的，笑得合不拢嘴，打开一看，差点气晕了。原来食盒里装的不是银子，而是潍县大青萝卜。里面还有一张信笺，写着四句诗："东北人参莱阳梨，不如潍县萝卜皮。今日厚礼送钦差，能驱魔道还顺气。"

"搂两耙子"差点气炸了肺，命人去查郑板桥，但是一连查了十天，也没查出问题。这位钦差回京后，念念不忘，还作了一首自嘲诗："潍县挺富都想啃，我也想啃赔了本。银子送去一百两，换回萝卜两大捆。"这就是郑板桥用萝卜智斗钦差的故事。

民间还流传有刘墉和潍县萝卜的故事。一天，乾隆皇帝问四位大臣："你们的家乡什么东西最大？"湖北的大臣说："我们那里的锅最大。有一年，我往锅中倒入九十九担水，我母亲下在锅里一石二斗小米，煮出来的饭正好够我们那个村子的人吃。"乾隆说："是口大锅。"山西的大臣接着说："那个不算大，还不如我们那里的葫芦大。有一年，我劈开一个葫芦做了两个瓢，一个瓢把山扣在底下，一个瓢舀干了黄河水。"乾隆说："这葫芦也不小。"河南的大臣说："都没有我们家乡的楼大。飞鸟在楼顶下个蛋往下滚，还不等落地就飞出了小鸟。"乾隆又对山东的刘墉说："刘爱卿家乡什么东西最大？"刘墉不慌不忙地说："我们家乡的萝卜最大。有一回，我去拔了一个小个儿的，炒了湖北一大锅，零着山西两个瓢，剩了个萝卜屁股，嗖！扔到河南去，比那楼高了两丈多！"乾隆笑着说："还是山东的萝卜大，真是一臣压三官。"

潍县萝卜（姜光辉摄）

关于潍坊萝卜的民间故事还有许多，有潍县知县郑板桥用"萝卜"两字及其谐音与知府对对子的故事，有另一位潍县知县"小老袁"（袁桐）用萝卜逗下属孙跃臣、邵松的故事，还有钟羽正用萝卜劝退打秋风京官的故事……这么多的民间故事都与萝卜有关，足以说明潍坊人对萝卜的重视。在民间故事中，潍坊的萝卜是故事主角，是智逗与智斗其他人的利器，可见创作故事的民众对萝卜这一潍坊土特产的热爱。

潍县萝卜又称潍坊萝卜，俗称高脚青或潍县青萝卜，因原产于山东潍县而得名，栽培历史悠久。民国《潍县志稿》在提及潍坊的蔬菜时称："蔬菜则有菘、韭、芹、蒜等多种，以莱菔最有名……高脚青，莱菔品种名。"莱菔是萝卜的别称。在民间流传着一句关于潍县萝卜正宗产地的顺口溜："北宫后北宫前,郭家庄子刘家园。"说的是玉清宫周边的一小块区域。2006 年,潍坊萝卜成为中国国家地理标志产品,保护范围为潍坊市弥河以东、潍河以西、胶济铁路以北、新沙路以南的区域,以及潍城区的望留镇、军埠口镇现辖行政区域。

潍县萝卜皮色深绿,肉质翠绿,脆甜不辣,多汁味美。潍县萝卜除了甘甜脆爽的口感外,还有明显的医疗效果,得到民众青睐。萝卜生食有开胃健脾、行气、化痰、消食等多种功效,如饭后腹胀,生食能及时顺气,消除胀痛,效果明显。潍坊当地有俗语称:"吃萝卜喝茶,气得大夫满地爬。""冬吃萝卜夏吃姜,不用医生开药方。"明代李时珍在《本草纲目》中很为萝卜被古人忽视而鸣不平,说:"(萝卜)根、叶皆可生、可熟、可菹、可酱、可豉、可醋、可糖、可腊、可饭,乃蔬中之最有利益者,而古人不深详之,岂因其贱而忽之耶?"

潍坊萝卜已经深入民众生活的方方面面:在立春习俗中,潍坊人习惯吃青萝卜,名为"咬春";在潍坊的民间饮食中,"萝卜炖排骨""炸萝卜丸子"与朝天锅"哑巴辣椒"等菜品都以潍坊萝卜作为原材料。潍坊萝卜已像潍坊风筝一样,成了这座历史文化名城的标识之一。

2020 年 6 月,潍县萝卜种植习俗入选潍坊市第六批市级非物质文化遗产代表性项目名录。

7. 寿光蔬菜

中国蔬菜之乡

寿光地区地形平坦，土壤肥沃，光照、水源充足，气候适宜，有利于发展农业种植。自古以来，在以农为本的思想下，寿光的农业生产与农业技术一直领先全国。《汉书·武帝纪》记载："（征和）四年春正月，行幸东莱临大海……三月上耕于巨定，还幸泰山修封。"公元前89年正月，汉武帝刘彻去莱州看了大海，农历三月在去泰山封禅的途中，经过寿光巨淀湖附近。正巧当时是春耕的时节，为鼓励天下百姓勤于农耕，汉武帝带领大臣们亲自在巨淀耕地。当地至今流传一首民谣："桃花盛开三月天，武帝躬耕于岭南。微风习习尚觉寒，湖中荡来打鱼船。"六百年后，北魏时期青州人（今山东省寿光市人）贾思勰编写了我国现存最早和最完善的农学名著《齐民要术》。贾思勰每到一地，都认真考察和研究当地的农业生产技术，向一些具有丰富经验的老农请教，获得了不少农业方面的生产知识。《齐民要术》记载了谷物、蔬菜、果树、树木、畜产、酿造、调味、调理、外国物产等内容，是中国现存的最早的、最完整的大型农业百科全书，系统地总结了秦汉以来我国黄河流域的农业科学技术知识，对后世的农业生产有着深远的影响。

无论是汉武帝在寿光亲耕，还是寿光人贾思勰撰写了影响深远的农书，都足以说明寿光农业生产的深厚底蕴与引领全国的种植技术。进入新时代后，寿光依然引领着全国农业技术的发展与进步，成为全国农业生产的标杆。20 世纪 80 年代末，寿光全市推广冬暖式大棚反季节栽培蔬菜，解

桂河芹菜（潍坊市委宣传部供图）

决了我国北方冬季蔬菜供应的难题，引发了全国农业产业化与技术革新的革命。目前，寿光是中国最大的蔬菜生产基地，设施蔬菜种植面积约六十万亩，年产量达四百五十万吨；也是全国重要的蔬菜集散中心，日蔬菜成交量超一千五百万公斤。

创办于 2000 年的中国（寿光）国际蔬菜科技博览会（简称"菜博会"），每年 4 月 20 日至 5 月 20 日在山东寿光蔬菜高科技示范园定期举办。蔬菜可以长在树上？集装箱里也能种菜？鱼菜共生系统、叶菜工厂化种植、特大西红柿树、空中红薯、巨人南瓜、垂直农场、立体管道栽培、气雾栽培、潮汐式栽培……行走在菜博会各个展馆，就如同走进了一条条绿色科技长廊。植物工厂、垂直农场、蔬菜树营养液调控技术、鱼菜共生、物联网监测系统等各种新技术，让观众在看新奇风景的同时，近距离感受现代农业的魅力。每年，菜博会都会吸引两百多万来自世界各地的游客前来参观。

2016 年 3 月，寿光蔬菜生产习俗入选山东省第四批省级非物质文化遗产代表性项目名录。

参考文献

[1] 于钦撰，刘敦愿、宋百川、刘伯勤校释：《齐乘校释》，中华书局 2012 年版。

[2] 孙葆田等纂：《山东通志》，上海商务印书馆 1934 年版。

[3] 陈蜚声等纂：《潍县志稿》，凤凰出版社 2004 年版。

[4] 王志民主编：《齐文化概论》，山东人民出版社 1993 年版。

[5] 潍坊市文化局编，王培竹主编：《潍坊历史文化名人》，齐鲁书社 1996 年版。

[6] 栾丰实著：《东夷考古》，山东大学出版社 1996 年版。

[7] 山东省潍坊市文化局史志办公室编：《潍坊文化志》，齐鲁书社 1997 年版。

[8] 安作璋、王志民主编：《齐鲁文化通史》，中华书局 2004 年版。

[9] 王振民主编：《潍坊文化三百年》，文化艺术出版社 2006 年版。

［10］冯滨鲁、王清明总主编：《北海（潍坊）文化研究》，天津人民出版社 2007 年版。

［11］单继瑜主编：《守望精神家园》，文化艺术出版社 2007 年版。

［12］张富祥著：《东夷文化通考》，上海古籍出版社 2008 年版。

［13］邱兆锋主编：《古风遗韵》，文化艺术出版社 2009 年版。

［14］孙敬明著：《潍坊古代文化通论》，齐鲁书社 2009 年版。

［15］赵兴涛主编：《山东区域文化通览·潍坊文化通览》，山东人民出版社 2012 年版。

［16］任怀国、李秀英编著：《潍坊历史文化遗存概览》，中国文史出版社 2012 年版。

［17］王志民著：《齐鲁文化与中华文明》，人民出版社 2015 年版。

［18］孙敬明著：《潍坊金石学》，济南出版社 2019 年版。

［19］潍坊市文化和旅游局编：《潍坊文史丛话》，济南出版社 2023 年版。

后 记

　　《丛书》（下编）的编纂，是在中共山东省委宣传部直接领导下完成的。省委常委、宣传部部长白玉刚同志统筹策划部署，并担任编委会主任，多次主持召开编委会会议，提出明确目标要求和指导意见。省委宣传部分管日常工作的副部长、省文明办主任、省新闻办主任袭艳春同志对本书的立项出版、风格设计等方面提出了许多宝贵意见。在魏长民、毕司东、程守田、张同海、冷兴邦等同志的大力指导支持下，以教育部人文社科重点研究基地山东师范大学齐鲁文化研究院为学术挂靠单位，组建了《丛书》编纂学术委员会，具体负责编纂学术指导、质量把关、终审定稿工作。山东师范大学特聘资深教授王志民任主任，山东大学儒学高等研究院教授杨朝明、中共山东省委党史研究院原一级巡视员韩延明、鲁东大学原副校长刘焕阳、山东齐鲁师范学院原副院长刘德增任副主任。

　　《丛书》（下编）为每市一卷共16卷，都列为山东省社科规划一般项目。在省委宣传部统一领导下，各市委宣传部负责本市卷的具体组织编纂工作。《丛书》编纂学术委员会制定了统一的《编撰体例》《编撰指导意见》；在主任全面负责下，分为 4 个片区，各由一名副主任作为首席专家具体指导，杨朝明教授：淄博、泰安、济宁、枣庄；韩延明教授：潍坊、临沂、日照、菏泽；刘焕阳教授：青岛、威海、烟台、东营；刘德增教授：济南、聊城、德州、滨州。各市委宣传部认真落实省委宣传部、编纂学术委员会的部署，大力支持编纂工作，组织有关部门与专家对提纲设计、样稿研讨、通稿定稿等关键环节，反复研讨、审议；各片区进行了多次研讨交流，相互借鉴，取长补短；各卷主编和全体编纂人员团结合作、齐心协力，付出了艰辛劳动。山东文艺出版社提前介入，对编纂工作和撰稿体例等提出了许多宝贵意见。在此，我们谨向为《丛书》编纂付出心血的各位领导、专家、作者和所有相关同志们表示诚挚感谢！

本册编纂，得到首席专家韩延明教授悉心指导，得到中共潍坊市委宣传部、潍坊市文化和旅游局的大力支持；本市孙敬明、高增光、王治喜、吕俊峰、刘允泉、窦洁、王伟波等同志提出诸多意见和建议。主编赵红卫教授（潍坊学院文史学院副院长）全面负责本册的编纂工作。具体撰稿分工如下：赵红卫完成全书统稿、定稿及前言、后记；李学玲完成"历史风云"部分；侯桂运完成"人物风流"部分；李宝垒完成"潍水遗珍"部分；范新建、井长海完成"民间瑰宝"部分。

由于学识水平与编纂时间所限，不足之处在所难免，敬请专家和读者批评指正。

编者

2023 年 8 月